COOKIE ALLEZ

LA SOUPIÈRE

roman

BUCHET • CHASTEL

18, rue de Condé, 75006 Paris
ISBN 2-283-01912-5

À Quentin

Lux mea lex

Dimanche

Avant, elle lui reprochait sans cesse de ne pas rentrer pour dîner, ou de rentrer trop tard, ce qui revenait au même : elle était seule le soir devant sa soupière. Mais il y avait déjà un certain temps qu'elle ne lui disait plus rien. Et pour cause. D'ailleurs il avait changé ses habitudes et appréciait maintenant de se retrouver chez lui, et de bavarder avec elle.

À présent, il lui raconte volontiers ce qu'il a sur le cœur et, comme elle s'abstient de tout commentaire, il s'enhardit chaque jour davantage.

Ils avaient toujours vécu ici. Elle et lui. Dans la banlieue ouest. La maison l'avait vu grandir. Elle datait du début du siècle dernier. Minuscule mais construite en hauteur, ornée d'un semblant de fronton en céramique turquoise et gonflée sur le devant d'un bow-window d'opérette, *L'Aurore* avait cette allure ridicule et néanmoins touchante d'une toute petite fille maquillée à outrance et perchée sur des talons hauts. Elle aurait voulu rivaliser avec ses belles voisines versaillaises qui se dissimulent, ou se laissent deviner, entre des arbres majestueux, comme les grandes dames sous l'aile de leurs capelines à voilette. Mais le jardinet de *L'Aurore* ne comptait qu'un saule pleureur, qui avait fini par l'engloutir sous ses frondaisons.

Fils unique, Bernard avait souvent trouvé refuge dans cette cabane de verdure. Il y avait joué, boudé, pleurniché, attendu, espéré et désespéré, sous le regard vigilant de sa mère. Dans ce nid modeste et prétentieux, elle l'avait couvé.

Marie était autrefois couturière. La plupart de ses voisins lui prêtaient du goût et de la culture. Chacun s'accordait à reconnaître qu'elle avait « bien du mérite », y compris ses clientes pour qui l'expression comportait sans doute une pointe de condescendance.

Dans les années cinquante, c'était une femme encore agréable dont on eût pu dire des choses plus galantes si son attitude l'avait permis. Mais personne n'aurait eu l'idée de la siffler dans la rue car il émanait de son maintien une sorte de mépris pour les plaisirs vulgaires, et de son visage, une désespérante absence d'humour. Toute entreprise motivée par une légitime admiration pour sa silhouette était d'emblée vouée à l'échec – le deviner était à la portée du dernier des imbéciles et il suffisait de l'entendre s'exprimer pour confirmer cette impression.

Au début, Marie travaillait à la journée chez ses clientes (elle ne disait pas « patronnes ») : un accord informel réglait le rythme et la durée de ses prestations. Ces dames, entre elles, se chuchotaient à l'oreille combien elles étaient satisfaites de pouvoir confier leurs ravaudages intimes et leurs robes du soir à une personne qui, tout en se tenant à sa place, connaissait la grammaire. Par ailleurs, elles étaient agréablement surprises de constater avec quelle vigilance Marie inculquait à son enfant les règles de la propreté et de la politesse – règles élémentaires mais suffisantes, pensaient-elles, pour en faire « un bon petit gars » dans le milieu simple qui était et demeurerait le sien. C'est pourquoi la plupart lui accordèrent la faveur de venir exécuter ses travaux accompagnée du bambin.

Celui-ci comprit d'instinct qu'il lui fallait, pour servir sa mère et assurer sa propre tranquillité, rester silencieux, jouer sagement avec des bouts de chiffon, recevoir les compliments en baissant les yeux avec modestie et se prêter à toutes sortes de simagrées.

Plus tard, quand les temps auront changé, les mêmes dames, bien que plus vieilles, se déplaceront pour se rendre à *L'Aurore*, chez leur couturière, aux heures qu'elle leur aura elle-même fixées. Et, trop heureuses de pouvoir suivre la mode à moindre prix, elles continueront à béatifier Marie.

Elles avaient pour cela quantité d'arguments : une habileté incontestable dans des domaines aussi divers que l'élargissement des jupes, la reprise des pinces de poitrine et la copie de modèles présentés dans les magazines féminins. De plus, elle faisait face à toutes ses obligations sans appui masculin, ni financier ni affectif – une situation qu'on jugeait remarquable dans la mesure où elle ne se plaignait pas de sa solitude et ne semblait pas chercher à y remédier. Et puis, elle serrait les dents, les fesses, les cordons de la bourse et tout ce qu'il était de bon ton de serrer en ce temps-là – ce qui en faisait une femme méritante.

Au milieu de ce tableau, Bernard avait très tôt senti peser sur son dos l'obligation de faire bonne figure.

Cependant, pour toutes ces raisons, il avait très jeune commencé à lui en vouloir. Si un bonbon suffisait alors à le récompenser de ses efforts, dès qu'il eut quatre ans, l'école se chargea de lui enseigner qu'il y avait une jouissance autrement plus grande à se barbouiller, à dire des gros mots et à jouer les durs. Sous la chevelure angélique que les dames ébouriffaient du geste désinvolte dont on flatte le chien de la concierge naquirent des sentiments plus ambigus. Et notamment envers Marie qui ne désarmait pas dans son désir d'en faire une image.

Plus de cinquante ans après, Bernard est encore persuadé que leur différend provenait de la façon dont elle l'habillait. Comme elle avait à cœur que son fils soutînt sa réputation d'élégance, elle le contraignait à porter les costumes de flanelle ou de tweed qu'elle lui taillait dans des chutes abandonnées par les clients ou dans des coupons achetés en solde sur les marchés. Ce qui lui donnait l'air apprêté d'un petit monsieur. Or les enfants n'aiment pas qu'on les déguise quand ce n'est pas pour de rire. Ainsi, Bernard avait-il en vain rêvé de salopettes, alors très à la mode dans les cours de récréation.

– C'est bon pour les ouvriers qui se salissent, pas pour toi, lui avait-elle expliqué. Du reste, si tu continues à ne rien faire à l'école, tu finiras par porter des salopettes toute ta vie !

Prévenu de la sorte, le garçon aurait pu cravacher en classe pour éviter de se salir plus tard. Il n'en fit rien.

*

Un jour, il en avait volé une au supermarché. Une belle salopette en denim bleu, avec des poches partout pour glisser son pistolet ou ranger ses outils de mécanicien. Elle le métamorphosait en cow-boy ou, quand le sens des réalités venait saper ses chimères, en chauffeur routier – métier auquel il aspira de toute son âme jusqu'à dix ans au moins. Bernard l'enfilait prestement avant d'arriver à l'école et, le soir, avant de rentrer à la maison, il la dissimulait dans son cartable, avec sa tenue de sport, dans un sac en plastique opaque. Quand elle devint vraiment trop crasseuse, il en vola une seconde. Puis une troisième – ce qui lui permit de tenir jusqu'à ce que la mode en fût passée.

À l'époque, Marie n'avait rien soupçonné. Mais depuis qu'elle fermait les yeux pour de bon, il s'était offert le plaisir de lui raconter à plusieurs reprises cet épisode de son existence. Il inventait chaque fois un détail piquant qui faisait de lui un caïd. Ainsi, pris en flagrant délit lors de son premier larcin, il avait réussi à semer la police ; au second, un gang de lycéens avaient tenté de la lui arracher et il s'était battu comme un lion pour les mettre en déroute ; dans certaines versions, étreint par le remords, il avait chanté dans la rue pour rembourser le magasin ou avait donné la salopette aux pauvres…

Bernard adore jeter à la figure de sa mère les brimades qu'elle lui a infligées « pour son bien ». Théâtral, il va et vient entre la cuisine et le salon – les deux seules pièces du rez-de-chaussée de *L'Aurore*. Il excelle dans l'art de faire d'un discours trois coups, réussissant tout à la fois à se poser en victime, à la punir de son incompréhension et à se confectionner une stature de héros.

Un héros… Ce que, d'une certaine façon, il est devenu. Aide-soignant à l'hôpital, au service des urgences, il a plus d'une fois démontré un sang-froid et une habileté hors du commun. Le corps médical apprécie son savoir-faire et, s'il avait pu produire les diplômes requis, Bernard aurait alertement grimpé tous les échelons de la hiérarchie. Mais on a entendu dire qu'il assumait à lui seul la charge d'une mère très âgée, malade de surcroît, à laquelle il a choisi de sacrifier sa promotion. Les infirmiers en titre lui ont toujours su gré de consacrer tout son temps à son devoir filial : il ne pourrait, malgré le zèle constant auquel il devait sa bonne réputation, leur porter ombrage. Si bien qu'on s'était habitué à son humeur souvent chagrine et qu'on profitait sans vergogne de son empressement.

Bernard, par ailleurs, ne manquait jamais une occasion de se présenter comme secouriste bénévole pour prêter main-forte dans toutes les circonstances où l'on avait besoin de bras courageux et d'hommes de cœur. Mais il ne fit jamais partie d'aucune organisation. La hiérarchie et la discipline qui règnent dans ces instances l'auraient-elles privé de la satisfaction d'accourir en sauveur providentiel sur les lieux d'un drame ? Peut-être. Toujours est-il qu'il trouvait dans l'enrôlement impromptu une intense émotion à laquelle la sensation de liberté n'était pas étrangère.

Dès ses débuts à l'hôpital, Bernard avait éprouvé le besoin de raconter à sa mère les scènes éprouvantes auxquelles il avait assisté. Il accumulait les détails et se plaisait même à broder autour, n'hésitant pas à s'attribuer un rôle décisif dans les soins prodigués aux patients. Ces événements constituèrent très vite l'essentiel de leurs conversations.

Aujourd'hui encore, il continue à essayer de l'éblouir, et cela malgré la situation dans laquelle il l'a mise – situation qui lui ôte *de facto*, et pour toujours, la moindre chance de voir son visage rayonner de contentement et de fierté maternels.

Après ces récits épiques, il se retire satisfait, et comme délivré, dans la chambre où il est né, qui fait face à celle de sa mère, au premier étage de *L'Aurore*.

Mais, depuis quelque temps, sans trop savoir pourquoi, il s'y enferme à double tour.

*

– Tu peux pas comprendre ! aimait-il à lui répéter.

Quel que soit le sujet, Bernard commençait souvent ses phrases par cette antienne. Tu peux pas comprendre… Ce qui n'était pas tout à fait faux : Marie ne s'était jamais expliqué pourquoi son fils s'ingéniait à contrecarrer ses projets. Elle s'était donné beaucoup de mal pour lui donner une instruction conforme à ses propres conceptions de la réussite, elle avait consenti maints sacrifices pour lui offrir des jeux éducatifs et lui procurer la plupart des signes qu'il faut pouvoir exhiber pour acquérir un statut convenable dans la bonne société. Mieux encore, elle avait plus ou moins réussi à le faire accepter comme camarade de jeux des enfants des meilleures familles pour qui elle travaillait – à cette époque-là, cela représentait un tour de force pour une fille mère de petite condition. Or Bernard s'était toujours montré insensible à ses bonnes intentions, à ses raisonnements, à ses imprécations. Sans jamais l'affronter, il s'arrangeait pour échapper en douceur aux contraintes et aux plaisirs qu'elle lui proposait.

Elle n'avait sans doute pas su le convaincre qu'il était digne de l'ascension qu'elle lui imposait.

Certes, ce n'était pas un enfant violent. Mais Marie, qui attendait que la vie la récompense de ses sacrifices en la personne de son fils, ne discernait pas pourquoi celui-ci semblait se complaire dans la médiocrité. Et, de son côté, Bernard enrageait qu'elle désirât tant l'en faire sortir.

– Tu peux pas comprendre, dit-il encore ce dimanche soir en rentrant de l'hôpital. Tu peux pas comprendre ce qui vient de m'arriver…

Il fait une pause pour se débarrasser de sa parka et enlever ses chaussures car, dans la maison, il vit en pantoufles – c'est une des rares disciplines auxquelles elle avait réussi à le soumettre. Tel un tribun, il se plante en face de la cheminée et raconte avec cette voix forte qu'il lui fallut prendre autrefois quand elle devint sourde :

– C'était incroyable ! Y avait au moins quinze voitures en travers quand mon bus a dérapé en freinant. Le verglas, c'est sûr. Les gens font pas attention, et c'est l'accident. Je me suis dit qu'y avait encore du travail pour moi... C'est toujours comme ça : je suis là au bon moment ! Je descends et je cours sur les lieux. Je te jure que pour de la compote, c'était de la compote ! Y avait déjà trois quatre types qu'étaient sortis des véhicules, mais incapables de se rendre utiles. Complètement ahuris, les gars ! Comme les gens du bus... Rien dans le pantalon ! Rien dans le pantalon, je te dis !

Cette dernière constatation l'excite. Bernard se met à arpenter le salon et, apercevant son visage dans le miroir accroché au-dessus du buffet, il esquisse une grimace de dégoût à l'adresse de tous ceux qui n'habitent pas suffisamment leur culotte. Satisfait, il poursuit :

– Enfin… c'est comme ça ! Il y en a un qui venait d'appeler le SAMU sur son portable, alors moi, je fais le tour pour voir par quoi commencer. C'était pas joli-joli, je t'assure. Ils devaient rouler comme des dingues. C'est pourtant pas difficile de prévoir que, quand il y a zéro au thermomètre, y aura sûrement des plaques de verglas, mais les gens croient toujours que les accidents, c'est pour les autres… Je te le dis, je connais rien de plus dangereux que les conducteurs du dimanche ! Bref, j'avise une femme qui pleure, couchée sur son volant, je m'approche et qu'est-ce que je vois ? Un gamin à côté d'elle, la figure en sang ! Le sang, ça me fait pas peur. D'ailleurs, ça veut rien dire, le sang ! Y en a combien qui restent sur le carreau sans en perdre une goutte ? Si, si, je te le demande ! Combien ? T'en sais rien, hein ! Ben moi, je peux te le prouver : c'est la plupart.

Bernard se regarde à nouveau dans la glace et, rêveur, murmure pour lui-même « la plupart, oui la plupart… ». Cette pensée l'entraîne dans une digression dont il suit, malgré lui, le cheminement à haute voix :

– Quand je dis la plupart, c'est la majorité, quoi ! Je veux dire tous ceux qui meurent dans leur lit… La vie fout le camp, t'as pas le temps de dire ouf. Tout d'un coup, t'es pâle, et c'est fini. Pas un globule sur la chemise ! Même si tu t'y attends, la mort se présente en douce, et tu te retrouves coincé entre ton drap du dessus et ton drap du dessous… Alors là, moi je raccroche ma blouse – les malades, les grabataires, les cancéreux, c'est pas mon rayon ! Nous, aux urgences, on est dans l'exception… Comme les miracles à Lourdes. Sauf que nous, c'est tous les jours qu'on en fait, des miracles – et des vrais ! Parce que leur grotte, hein… Tu sais ce que j'en pense. S'il est si fort que ça, là-haut, et s'il veut qu'on y croit, faudrait qu'il se remue pour en faire un peu plus…

Bernard reprend son souffle. Il était en train de s'éloigner du sujet : il avait tout mélangé, l'accident du jour, le destin, les statistiques, la métaphysique ! Depuis quelque temps, il dérapait. Parfois, il en avait conscience. Parfois, non. Il lui faut, ce soir, faire un effort pour se concentrer sur l'événement :

– Bon, d'accord, t'aimes pas que je fasse des parenthèses… Qu'est-ce que je disais ? Oui, c'est ça : le gamin à côté de la pleureuse, il bouge pas. Alors j'ouvre sa porte et je vois tout de suite que c'est fini pour lui. Je pose la main sur l'épaule de la mère et je lui demande si elle a mal quelque part…

Eh ben, crois-moi si tu veux, elle a fait un bond comme si je l'avais piquée et elle s'est mise à me crier dessus comme une folle. Foutez-moi le camp ! Foutez-moi le camp ! Elle hurlait tellement fort que plusieurs types se sont radinés pour m'engueuler. Y en a même un qui m'a dit que j'avais rien à faire là et que personne devait toucher les blessés. Alors, ça, franchement, ça m'a fait un coup… Tu·viens pour sauver les gens et tu te fais houspiller comme si… je sais pas, moi, comme si t'allais les…

Bernard s'arrête net. Soudain il ne sait plus où il en est. Comme si, comme si… Comme si quoi ? Il voulait peut-être dire « comme si tu allais les assassiner » mais le mot n'est pas sorti.

Maintenant, bien que Marie ne puisse plus le démentir, il lui arrive souvent de ne pas finir ses phrases. Il ne parvient pas à isoler l'essentiel, il s'égare dans les détails, il oublie les motifs de ses discours. Tout ça se brouille brusquement, puis il perd le fil, toujours au moment le plus important du récit. Et cela le rend fou, Bernard, car il tient à lui montrer qu'il est capable d'exposer clairement une situation.

Marie l'avait toujours exigé. « Tais-toi, mon grand ! disait-elle autrefois. Mets de l'ordre dans tes idées et tu parleras quand ce sera fait ! » Pour sûr, c'était une femme de tête, la mère. Cependant, plus il essayait de les ranger, plus les pensées surgissaient d'on ne sait où, se bousculaient, se contredisaient et s'emmêlaient tellement qu'au bout du compte il ne restait dans sa cervelle d'enfant qu'un magma immonde – et il se taisait.

Aujourd'hui, Marie n'exige plus rien, mais il lui semble parfois que c'est pis encore.

– Si tu me coupais pas tout le temps ! dit-il pour avoir le dernier mot.

À quoi bon essayer d'expliquer la colère que lève en lui l'ingratitude ? De toute façon, elle ne pouvait plus comprendre et elle n'avait jamais compris. Marie, il fallait l'aimer sans savoir pourquoi.

« Une tête de pioche… Y a pas de raison que ça change », marmonne-t-il encore en se dirigeant vers la cuisine, espérant vaguement être entendu, mais regrettant aussitôt d'être allé trop loin.

Ce soir, Bernard est très énervé. Il ne sait même plus ce qui lui ferait plaisir pour dîner. « Tu t'en fous, hein ? Tu m'as mis dans la merde et tu t'en fous ! » crie-t-il une dernière fois avant de se décider pour une boîte de choucroute qu'il fera réchauffer au bain-marie. Pendant ce temps-là, il allumera la télévision, puis il s'installera à table et se mettra à manger à même le récipient en métal – la vaisselle, cela n'avait jamais été son fort.

*

Le rapport précise que Bernard X. est né en 1950, à Viroflay, de Marie X., 42 ans, et de père inconnu.

À cette époque, Marie habitait déjà la maison dite « L'Aurore », sise au 15 de la rue Léon Blum (anciennement allée des Cyclamens), dont elle avait hérité juste avant la Seconde Guerre mondiale.

Son père, artisan bourrelier-cordonnier, précocement veuf, avait élevé seul ses deux filles, Marie et Jeanne, confiant à l'aînée les soins de la maison et la surveillance de sa jeune sœur. Cette dernière avait quitté le domicile familial à l'âge de dix-huit ans pour épouser Jean Delecreux, 25 ans, mécanicien.

Sur la recommandation d'un oncle cheminot, Marie entra aux Chemins de fer dès l'âge de vingt ans. Elle ne s'est jamais mariée et a vécu avec son père jusqu'au décès de celui-ci en 1938. Elle continua à habiter seule le pavillon.

La naissance de son fils Bernard le 25 février 1950 (inscrit à l'état civil « de père inconnu ») coupe

Marie de sa famille, et plus particulièrement de sa sœur Jeanne Delecreux, installée en province et déjà mère de quatre enfants.

En 1950, démissionnaire (ou mise en disponibilité), elle commence à exercer le métier de couturière indépendante – activité qu'elle pratiquera plus tard chez elle jusqu'à un âge avancé mais qu'elle sera contrainte d'abandonner peu à peu en raison de rhumatismes déformants.

C'est probablement dans les années quatre-vingt, vers l'âge de 75 ans, qu'elle cessa définitivement de travailler.

Lundi

Certes, Marie ne l'avait pas désiré, cet enfant sans père. Elle s'en serait bien débarrassé si elle en avait eu les moyens. Mais elle ne les avait pas. Elle fit donc face et décida de l'accueillir comme si elle l'avait volontairement conçu. En somme, elle effacerait la honte de sa faiblesse passagère en lui substituant une intention délibérée de maternité. En 1950, c'était une conduite d'avant-garde, surtout dans un milieu étriqué où l'on ne badinait pas avec les principes moraux régissant la reproduction de l'espèce. Ainsi, sans utiliser le mot car il n'était pas encore à la mode, elle entendait « assumer » cette naissance et élever de façon exemplaire le fruit du péché, ce qui ferait d'eux, elle et lui, des êtres d'exception. Ce tour de passe-passe lui permit d'affronter, la tête haute, l'opprobre de sa famille et de son entourage. Son exclusion affermit son caractère et elle se voulut irréprochable.

Cet état d'esprit imprima définitivement sur son visage un air pincé, à la fois douloureux et comminatoire.

En toute logique, une telle attitude ne laissait pas présager de tendres sentiments pour le fruit en question. Pressentant qu'elle ne connaîtrait jamais d'autre amour, que cet enfant jouerait pour elle tous les rôles et qu'elle ne trouverait de joie qu'en faisant de ce bourgeon de mâle, encore humide et chiffonné, « quelqu'un de bien », Marie se devait de commencer tout de suite à l'aimer. D'une certaine manière, c'est de bonne foi qu'elle s'engagea dans ce mensonge originel.

Elle lui inculquerait toutes les valeurs sociales que son éducation lui avait léguées, elle s'acharnerait à lui procurer tous les biens matériels qui lui avaient manqué. Le bébé braillard qu'on venait de lui poser sur le ventre deviendrait, envers et contre tous, quelqu'un de bien ! C'est à cette mission qu'elle s'était tout entière donnée, refusant avec superbe qu'on l'y aidât.

Et, en effet, elle n'eut plus d'homme dans sa vie, ni même dans ses relations – la couture à façon étant une affaire de femme. Pourtant elle ne se fit pas d'amies parmi sa clientèle, pas plus que parmi les nouveaux voisins que les chamboulements de la guerre avaient parachutés de l'autre côté de ses quatre murs. On la connaissait de vue. Elle se montrait polie, tout en gardant farouchement ses distances : le meilleur moyen, selon elle, de susciter la considération et d'avoir la paix.

Car, si elle avait tiré une certaine fierté d'avoir su s'affranchir des conventions pour garder l'enfant, sa venue avait décuplé son souci de respectabilité. En fait, le déshonneur endossé par bravade avait engendré chez elle un furieux désir de dignité. Elle aurait voulu qu'on oublie l'audacieuse liberté dont elle avait fait preuve pour ne retenir que l'image vertueuse qu'elle avait toujours donnée et qu'elle s'efforçait de restaurer. Elle consacra bientôt toute son énergie à faire taire les mauvaises langues, à retrouver son rang, et même à grignoter quelques places pour s'y installer avec son fils. Quelle meilleure preuve d'amour aurait-elle pu lui donner ?

Or, dans cette entreprise, Bernard ne se montrait guère coopérant : il avait des goûts simples, des goûts d'enfant. D'où l'histoire de la salopette. Laquelle, pour être banale et anecdotique, n'en révélait pas moins le malaise qui s'installait entre eux à leur insu.

La gloutonnerie de sa mère, même parée des atours les plus admirables, ne lui laissait aucune chance. Il aurait pu se laisser avaler tout cru, montrer les dents ou prendre la poudre d'escampette, Bernard choisit une quatrième voie, plus tortueuse : il apprit à profiter des agréments offerts par le giron maternel tout en développant toutes sortes de stratégies pour ne pas finir en mille morceaux dans son estomac.

Ainsi, la grande mystification enfouie, dissimulée, dans le cœur de la mère, allait générer une multitude de petites menteries dans l'esprit du fils. Mensonge et dérobade. Costume de tweed et salopette.

Marie, pourtant, ne perçut rien de tout cela. Hormis les innombrables remarques qui visaient à en faire quelqu'un de bien, elle ne lui reprocha vraiment qu'une chose : il manquait d'ambition. Le peu d'entrain que Bernard mettait à apprendre – qu'il s'agisse de la syntaxe ou des bonnes manières – était révélateur de son absence d'appétit. Elle multiplia les tentatives pour ranimer cet instinct qu'elle jugeait fondamental, mais la passivité de son rejeton, à la longue, vint à bout de sa ténacité.

Elle finit par adopter la même conduite que lorsqu'il lui avait fallu un beau jour se propulser dans la société avec une surcharge pondérale très localisée : elle transforma le handicap en avantage.

Pour garder la tête haute quand on lui demandait des nouvelles de l'écolier, Marie avait pris l'habitude de déclarer qu'en France les nouvelles méthodes d'enseignement, les rythmes scolaires et l'attitude du corps professoral tout entier étaient complètement inadaptés aux intelligences trop brillantes ou trop originales. Elle ajoutait souvent que « l'essentiel dans la vie, c'était d'avoir la santé et d'être bien dans sa peau ».

Sur ce dernier point, elle n'avait pas le moindre doute à propos de Bernard. Ce qui prouve qu'elle n'avait pas tenté de se mettre dans celle de son fils.

*

Comme la plupart des jeunes enfants, Bernard avait un sens aigu de sa condition sociale et, d'instinct, avait lui-même délimité son aire d'action.

C'est pourquoi les manœuvres souterraines de Marie pour qu'il puisse aller jouer avec la progéniture de ses clientes le mettaient à la torture : il n'avait jamais le costume qu'il faut. Quant à la salopette, il l'avait volée. Certes, tout le monde l'ignorait car il ne s'en était pas vanté, mais il lui suffisait de le savoir : il avait le sentiment de porter un insigne usurpé. Puisque cette tenue ne lui revenait ni de naissance ni de droit, il s'interdisait les privilèges qui y étaient selon lui attachés, il obéissait spontanément aux hiérarchies inventées et transmises par les adultes. Autant la supercherie lui semblait légitime quand il s'agissait d'abuser ses pairs ou de se fondre dans leur troupeau, autant elle lui paraissait déplacée et dangereuse dans l'enceinte d'une grande et noble maison.

Un jour, à l'heure du goûter, la bonne qui régentait une de ces familles où l'on tolérait sa présence aux côtés de Marie le gronda parce qu'il avait renversé son chocolat sur la nappe. C'était une de ces servantes sans âge et sans couleur, reconnaissables à leur blouse à fines rayures grises ou bleues, qui lui montraient souvent une bienveillance particulière. Celle-ci, au contraire, semblait exclusivement vouée à la conservation du patrimoine de ses maîtres et au respect des règles de bienséance. Bernard avait aussitôt compris qu'il ne pourrait compter sur sa protection et qu'il lui fallait se tenir à carreau. Autour de la table, les enfants attendaient qu'elle ait le dos tourné pour se livrer à toutes sortes de bêtises, le plus amusant dans l'affaire étant de tromper sa vigilance. Comme elle n'avait cessé de le surveiller d'un œil torve, Bernard se gardait bien de participer au jeu qui lui semblait réservé aux habitués du lieu. Il eut beau se faire tout petit, sa maladresse ne lui avait, bien entendu, pas échappé et c'est avec des accents de triomphe qu'elle le chapitra sur la façon dont il utilisait ses couverts, sa tasse et sa serviette.

– Laissez, Angèle ! C'est un pauvre gosse… On ne peut pas lui en vouloir, avait dit la maîtresse de maison d'un air entendu.

Et Bernard, sans saisir toute la signification de cette indulgence, avait compris que ce traitement de faveur dissimulait autre chose. Il ne méritait même pas qu'on le réprimande !

Cependant, il y avait autre chose encore. Quelque chose de plus grave, qui lui interdisait définitivement l'accès de ces belles demeures : tout le monde avait un père, sauf lui. Et, au-delà d'une carence affective dont il n'avait pas conscience, il portait cette absence comme une tache sur son habit du dimanche. Devinant confusément qu'il était la cause du malheur qui semblait flotter autour de Marie, voire d'une disgrâce dont le sens lui échappait, il ne se sentait « pas sortable »…

Enfant, Bernard rêve souvent qu'il se retrouve tout nu dans la rue, ou qu'il est obligé de se promener en retenant son pantalon car tous les boutons se sont décousus d'un seul coup. Après qu'il eut chipé la salopette bleue, un cauchemar encore plus navrant vint à plusieurs reprises troubler ses nuits. Juste au moment où il entre dans la cour de l'école, ses bretelles se volatilisent comme par magie et le précieux vêtement glisse et tirebouchonne sur ses chevilles. Tout le monde pouffe de le voir en slip. Même la maîtresse qui le montre du doigt en se tordant de rire.

Marie n'a rien su de ces rêves peu glorieux, car Bernard évitait de lui raconter ceux qui le mettaient en scène dans un rôle ridicule. Mais surtout, bien que trop jeune pour faire le lien entre son désarroi d'enfant privé de père et les mésaventures nocturnes de sa garde-robe, il pressentait qu'il y avait dans ces histoires de nudité quelque chose d'un peu louche.

Bien souvent, son désespoir était si grand qu'il criait dans son sommeil. Lorsque Marie venait à son chevet, il prétendait que des voleurs ou des bêtes fauves avaient cherché à entrer par la fenêtre. Elle lui faisait calmement remarquer que les premiers étaient enfermés à double tour dans les prisons et les seconds derrière les barreaux de leurs cages. « Tu as rêvé », disait-elle en regagnant sa chambre. Plus tard, il justifia ses hurlements en s'inventant des douleurs fulgurantes au cœur, dans la tête ou au doigt de pied. Marie, qui ne ratait pas une occasion d'enfoncer quelque nouvelle connaissance dans sa jeune cervelle, s'asseyait sur son lit et, tout en lui caressant les cheveux, lui faisait une leçon d'anatomie. Bernard en profitait pour se pelotonner dans ses bras et appuyer une joue contre sa poitrine. Il savourait ces instants de bonheur, hélas trop éphémères. Dès qu'elle estimait avoir achevé son cours, Marie se retirait chez elle : il ne fallait pas amollir le futur quelqu'un de bien – c'est ce qu'elle pensait plus ou moins confusément, et traduisait parfois par « Allons, allons ! Un peu de tenue ! ».

Le garçon aimait tant cette fugitive intimité charnelle qu'il aurait volontiers fait semblant de cauchemarder chaque nuit pour éprouver la chaleur, la douceur et la souplesse du sein maternel à travers la chemise en pilou. C'est par fierté qu'il se l'interdisait.

Bernard était donc encore très jeune quand il expérimenta qu'on pouvait se percevoir tout nu dans son costume, qu'on pouvait se sentir à la fois adoré et incompris, qu'on pouvait aimer et haïr en même temps. Et mentir en toutes circonstances.

*

Dans la matinée de ce lundi, un homme s'est présenté aux urgences avec une main déchiquetée. Après les premiers soins, il a fallu l'envoyer dans un établissement spécialisé.

Bernard bougonna toute la journée pour marquer sa désapprobation : refuser des patients équivalait, selon lui, à un aveu d'incompétence ! Mais personne ne s'était préoccupé de ses états d'âme – il y avait bien longtemps qu'on le laissait mâcher et remâcher ses aigreurs dans son coin – puisque rien ne l'empêchait de travailler avec ardeur. Aussi rentra-t-il chez lui avec le sentiment de lutter seul contre tous.

– Pour une fois, je suis sûr que t'es bien d'accord avec moi : un service d'urgences digne de ce nom doit être capable de faire face à toutes les situations ! lance-t-il en regardant la soupière. Une main, c'est pas pire qu'autre chose, non ? Tu vois de quoi je parle, je pense…

Bernard n'en dit pas plus mais il serre les dents en grimpant l'escalier qui conduit à sa chambre.

C'est un souvenir très ancien. Pourtant, chaque fois qu'il y pense, les images lui mettent encore le cœur au bord des lèvres. Il faut ravaler tout ça – le dégoût, et l'angoisse, et l'impuissance.

Ce soir-là, en rentrant de l'école, dès qu'il eut claqué la porte de l'entrée, il entendit Marie l'appeler. La voix venait de la cuisine, avec une tonalité d'urgence qu'il ne connaissait pas. Avait-il fait une bêtise ? Avait-elle découvert le vol de la salopette ? Sans lui laisser le temps d'examiner ces hypothèses, la voix recommença à crier. Il se précipita et demeura interdit sur le seuil. Marie, le visage grimaçant, était assise devant la table, la main gauche plongée dans un saladier en verre à moitié plein d'un liquide rouge vif. Bernard ne comprenait pas ce qu'elle faisait, mais le rictus qui déformait sa figure lui fit froid dans le dos.

– Ne reste pas comme ça à me regarder ! Tu vois bien que j'ai besoin de toi !

Il ne reconnaissait pas sa voix. Incertain, il s'approcha sans rien dire. Il n'était pas rassuré. Dans le regard de sa mère, dans son visage, il y avait quelque chose de terrible et dont il ne connaissait pas le nom. Il n'avait que neuf ans et ne pouvait savoir que la souffrance déforme parfois les traits jusqu'à donner cet air cruel et dément qu'on voit aux sorcières dans les livres d'images.

– Tu vois bien que je me suis coupé la main ! Je vais la recoudre, mais il faut que tu m'aides.

Bernard comprit soudain que le liquide rouge n'était ni du jus de groseille ni de la peinture. Mais, surtout, il crut que la main de sa mère reposait au fond du saladier. Il eut juste le temps, avant de s'évanouir, d'imaginer les cinq doigts inertes baignant dans leur sang.

Quand il rouvrit les yeux, il était allongé sur le sol de la cuisine. Marie, penchée sur lui, le secouait en répétant « Allez, réveille-toi, mon chéri. Ce n'est rien, je t'assure que ce n'est rien, mon chéri… » Elle l'enlaçait, elle lui passait un linge mouillé sur le front, elle lui caressait la joue, elle lui prenait le bras, elle l'aidait à se redresser, elle disait maintenant « C'est fini, mon chéri, c'est fini ». Il y avait des éclaboussures de sang partout, sur le carrelage, sur leurs habits, sur leur peau : c'était une vision d'épouvante. Mais la voix et les gestes avaient quelque chose de si doux que Bernard se sentit couler dans un bain de sucre. Son corps se fit tout mou comme celui d'un nourrisson que l'on berce. C'est alors qu'il réalisa que les deux mains de sa mère étaient bien attachées à leur bras respectif. Il pensa un instant qu'il avait fait un nouveau cauchemar, mais Marie se relevait déjà et l'entraînait vers l'évier.

– Viens, on va nettoyer tout ça…

Et comme il ne semblait pas vouloir bouger, la mère le prit par les épaules et le secoua.

– Voyons, mon grand, un peu de nerf ! Je me suis coupée en préparant ton goûter mais je vais fermer la plaie… Allez ! Va donc passer tes mains à l'eau !

La voix avait repris son timbre habituel, le charme était rompu. Marie entortilla sa main dans un torchon afin que le sang cesse de dégouliner et ouvrit le robinet. « Dépêche-toi », dit-elle. Encore tout engourdi, Bernard obéit sans se presser. Il remuait machinalement ses doigts sous le jet quand Marie le poussa sur le côté pour vider le saladier dans l'évier. En voyant le sang rougir l'émail, Bernard frissonna.

– Dis donc, tu ne vas quand même pas retomber dans les pommes ? C'est rien que de l'alcool. J'avais rempli la jatte pour désinfecter ma main… J'ai cru mourir tellement ça brûle ! Mais, tu vois, elle est dure au mal, ta mère…

– Alors, c'est fini, t'es guérie ? demanda vivement Bernard espérant qu'on allait enfin passer à autre chose.

Marie posa le saladier sur la table, empoigna la bouteille d'alcool et y versa ce qui en restait. De sa main valide, elle approcha une assiette maculée de sang dans laquelle Bernard vit une aiguille courbe enfilée d'un gros fil noir.

– J'ai essayé de faire ça toute seule… mais je n'ai pas réussi. C'est plus fort que moi, ma main saute au moment où je pique ! Alors tu vas me tenir le bras contre la table. Et tu vas appuyer de toutes tes forces pour m'empêcher de bouger… T'as compris ? De toutes tes forces, hein ! Et grâce à toi, je serai sauvée…

Sauver sa mère ! Le mot fit merveille et Bernard obéit sans se rendre compte du supplice qu'ils allaient endurer tous deux. Mais dès qu'elle planta l'aiguille, Marie poussa un hurlement et son bras se détendit si brusquement que l'enfant lâcha prise. Après quelques tentatives, elle se résolut à trouver une autre solution : elle lui demanda d'attacher son poignet au radiateur…

Et c'est ainsi enchaînée, sans parvenir à réprimer d'atroces cris de souffrance, qu'elle aligna sur toute la longueur de son pouce une dizaine de points de surjet.

En toute bonne foi, le garçon se persuada qu'il avait réellement sauvé sa mère. Il en conçut une immense fierté et ne comprit pas pourquoi cette prouesse n'avait déclenché ni reconnaissance ni gratitude. Pendant plusieurs jours, il attendit en vain qu'elle fît allusion à son acte de bravoure, mais il n'en fut rien. La vie n'avait pas changé.

Il n'en admirait pas moins son courage – ce qu'elle appelait être dure au mal. Bernard ne pouvait savoir que c'était un héritage : un jour, dans la minuscule échoppe où elle le retrouvait après la classe, Marie avait vu son père recoudre de la même façon une vilaine plaie qu'il s'était faite à la cuisse avec son tranchet. Dans la famille, on évitait d'avoir recours à toute forme d'autorité, fût-elle médicale. On respectait l'ordre, les institutions, l'administration, le savoir, et même la fortune, mais on se débrouillait seul. Par fierté et faute d'argent.

*

Le rapport ne signale ni maladie grave ni fait marquant au cours de la petite enfance et de l'adolescence de Bernard X.

À titre de preuves, quelques bulletins trimestriels de l'École libre du Saint-Sauveur, trouvés dans la chambre de la victime, l'attestent : en avril 1960, « Donne toute satisfaction malgré une tendance à la rêverie » ; ou encore en juin 1964, l'année de ses quatorze ans, « Manque de motivation pour les études, mais élève sérieux : une orientation technique est envisagée ».

C'est sans doute sur la foi de cette appréciation que Bernard X. quitte l'école et part en apprentissage. Sans avoir acquis de qualifications particulières, il entre sur le marché du travail deux ans plus tard et occupe divers emplois manuels, avant d'effectuer son service militaire.

Les certificats de cette période se résument à des dates d'entrée et de sortie. L'un d'entre eux précise cependant : « employé régulier et de confiance ».

En 1968, devançant l'appel sous les drapeaux, il est incorporé dans les services de santé. Puis il est rapidement affecté à Sainte-Anne, l'hôpital d'instruction des Armées à Toulon. Brancardier, puis aide-soignant, il y apprend les rudiments du métier qu'il pratiquera par la suite dans divers établissements privés, d'abord à Marseille pendant quelques semaines, puis à Viroflay, sa ville natale.

C'est en 1972 qu'il entre au Centre hospitalier du Vallon où il demeure employé.

Mardi

– Tiens, faut que je te dise : La Chouette m'a encore demandé de tes nouvelles… Qu'est-ce que tu veux que je réponde, moi ? « Toujours pareil, je lui fais. Ces choses-là, les rhumatismes et toutes les saloperies qui viennent avec la vieillesse, ça va jamais en s'améliorant… »

La Chouette, c'est ainsi que Marie et Bernard avaient baptisé, dès qu'elle s'y était installée, la propriétaire d'un pavillon tout proche. C'était en 1967.

La mère avait toujours détesté qu'on s'enquière de sa santé dans la rue, qu'on y engage des discussions sans fin sur le coût de la vie, la qualité des services municipaux ou l'avenir de la France. Ses états d'âme et ses opinions ne regardaient personne – à l'exception de son fils puisqu'elle se devait de lui forger le caractère et de lui transmettre ses convictions. La pluie, le beau temps, les quatre saisons, constituaient à ses yeux des sujets bien suffisants pour bavarder chez les commerçants du quartier ou sur le trottoir. Et Bernard avait calqué son attitude sur le proverbe qu'elle aimait à répéter : « Rester taiseux, c'est ce qu'on fait de mieux. »

Or La Chouette, il ne fallait même pas la laisser s'aventurer sur le terrain de la météo : elle en franchissait aussitôt les limites. Elle se délectait des malheurs des uns et des autres ; elle n'avait de cesse d'agripper ses voisins pour mettre à jour son stock de détresses. Pas un rhume ne lui échappait à plusieurs kilomètres à la ronde !

Le regard de Bernard balaye le salon (un bon coup de ménage ne serait pas inutile), croise son image dans la glace (un rendez-vous chez le coiffeur non plus), puis effleure la soupière rebondie qui trône sur la tablette de la cheminée. Il hausse les épaules et soudain, pris d'un remords, il ajoute :

– Bon, d'accord… T'en fais pas, va ! Je lui ai pas dit saloperies. Je sais d'ailleurs plus ce que j'ai employé comme mot… En tout cas, un mot qui t'aurait pas énervée, je te le promets. Pas la peine de m'accuser !

Il ne le faisait pas exprès, il avait besoin de la provoquer, de la narguer, de lui faire mal. Mais l'instant d'après, il n'avait de cesse de se racheter.

Ni la mère ni l'enfant n'avaient osé s'aimer et n'avaient osé se haïr. Ils ne se posaient pas de questions : ils vivaient ensemble, comme coulés dans le ciment de la maison – et c'est tout.

Le mardi, c'est son jour de repos. À l'hôpital, depuis qu'il a dépassé les cinquante ans, il ne « fait plus la nuit », sauf exceptionnellement pour remplacer un collègue. Ces nouveaux horaires firent de lui un homme ordinaire et il en prit très vite le rythme casanier, les routines, les distractions. La télévision tous les soirs, rarement un restaurant ou un cinéma à Paris et, de temps en temps, une visite aux filles.

Autrefois, il avait ses habitudes. Pendant une dizaine d'années, ce fut Jocelyne. Une vraie blonde à la peau rose, une indépendante d'une quarantaine d'années qui semblait exercer son métier par plaisir et traiter ses clients en amis. Il avait fini par l'inviter régulièrement à dîner, ne manquait jamais de fêter son anniversaire et de lui déposer un petit paquet juste avant Noël. Jocelyne avait assez d'allure pour qu'il envisageât de la présenter à sa mère. Il caressa un temps ce projet, puis renonça sans trop savoir pourquoi. Des goûts trop luxueux, peut-être ? Ou, tout simplement, l'impression qu'il ne saurait pas s'y prendre avec les deux à la fois, une femme et une mère dont les exigences risquaient fort de se révéler contradictoires. Quelques autres lui avaient succédé auxquelles il demeurait attaché jusqu'à ce qu'elles disparaissent dans la nature. Aucune cependant n'avait réussi à chasser de son esprit le corps rose et confortable de Jocelyne. Bernard était d'un tempérament fidèle.

Après la mort de sa mère, Bernard demeura longtemps sans appétit. Puis il rencontra Myriam, une belle Africaine, dont l'exotisme et la gaîté lui parurent de nature à le réveiller. Hélas, elle éclatait de rire à tout bout de champ, ce qui le fauchait en plein élan deux fois sur trois. Une faute professionnelle qui l'obligea à l'abandonner. À regret, car cette foudroyante hilarité cachait un cœur généreux.

Depuis cet échec, il jugeait plus prudent d'éviter les relations suivies. D'autant qu'il avait honte de ses défaillances et se croyait à chaque fois obligé d'inventer une histoire pour les justifier. Il allait donc à l'aventure et se laissait tenter par un regard ou par un sourire, très rarement par une plastique prometteuse ou par des propos obscènes : il avait avant tout besoin d'affection. Et maintenant plus que jamais. S'il n'avait craint de passer pour un impuissant, il aurait volontiers doublé la mise pour une nuit de chastes câlins !

Avant de partir, il prenait toujours une douche, cela le revigorait. Il mettait aussi une cravate, et s'appliquait à en serrer le nœud, comme si lui parvenait encore, du fond de la soupière, la voix maternelle « Voyons ! Tu ne vas pas sortir comme ça… Mets-toi propre, mon grand ! ».

– Bon, j'y vais… À tout à l'heure ! dit-il en ouvrant la porte d'entrée.

*

Le rapport indique que le casier judiciaire de Bernard X. est vierge.

Compte tenu de son train de vie et de son assiduité au travail, il est permis d'écarter l'hypothèse de relations avec les milieux de la drogue ou de la prostitution.

Bernard est demeuré célibataire et a toujours vécu avec sa mère. Hormis durant sa scolarité, où il fut envoyé à deux reprises en colonie de vacances, il est toujours resté à « L'Aurore » pendant ses congés.

Pendant son service à l'H.I.A. Sainte-Anne de Toulon, Bernard X. se lie d'amitié avec un infirmier militaire, André Moretti, né en 1947, originaire d'Algérie, avec lequel il aura des contacts épisodiques jusqu'en 1994 (une carte postale, datée de décembre, l'atteste).

Plusieurs photographies montrent que l'infirmier a séjourné à « L'Aurore » du vivant de Marie X. Sur la première, on reconnaît les deux jeunes gens en compagnie de celle-ci dans la cuisine de la villa, installés pour dîner si l'on en croit la présence de la soupière au milieu de la table (on ne sait pas qui a pris la photo). La seconde, plus tardive, montre André Moretti et sa femme (car il vient de se marier) en conversation avec la mère de Bernard : ils sont assis sous le saule pleureur du jardin de ladite villa (on peut supposer que la photo a été prise par Bernard lui-même).

*

Fringant et la tête pleine de projets, Bernard tomba de nouveau sur La Chouette. Il aurait dû y penser, c'était l'heure de la promenade du chien, une sorte de goupillon gras qui passait sa vie à renifler les passants, quand ce n'était pas pire. Bernard s'en voulut de sa négligence : d'habitude, il veillait à se soustraire aux minauderies de la mégère. De même, depuis quatre ans, évitait-il les gens du quartier, surtout lorsqu'il sortait le soir. L'autre jour, un voisin lui avait fait remarquer qu'il n'était pas très prudent de laisser sa mère toute seule la nuit. Pannes d'électricité, vols avec effraction, angoisses nocturnes, sans compter cette nouvelle technique qui consiste à ficeler les braves gens comme de vulgaires saucissons… L'oiseau de mauvais augure avait recensé tous les malheurs qui rôdent autour des vieilles dames malades dès que le soleil se couche. Il avait proposé d'envoyer sa femme pour tenir compagnie à Marie le temps de son absence. Bernard dut mentir pour s'en débarrasser : il eut la présence d'esprit de l'informer que sa mère se sentait beaucoup mieux depuis une semaine, et même qu'il avait pu l'emmener faire quelques pas dans le jardin.

Mais avec La Chouette, c'était plus grave : elle irait jaser à tort et à travers, ce qui ne tarderait pas à lui fabriquer une réputation de débauché. Pris d'une inspiration soudaine, il s'avança vers elle et lui demanda en essayant de prendre un air dégagé :

– C'est bien le mardi, les nocturnes au supermarché ? J'ai oublié deux ou trois bricoles…

– Non, c'est le vendredi. Et puis à cette heure, dit-elle en regardant sa montre, il est fermé depuis belle lurette. Dites voir, monsieur Bernard, depuis le temps, vous le savez pas encore ?

Bernard crut percevoir de l'ironie dans le regard de La Chouette. Il jugea prudent de battre en retraite et astucieux de marmonner entre ses dents que sa mère, elle, aurait au moins pu se le rappeler avant de l'obliger à courir dehors en pleine nuit. « Ah ! La mémoire, quand ça commence à vous lâcher… Mais il faut pardonner les faiblesses des personnes âgées », susurra La Chouette avant de lui souhaiter une bonne nuit et de continuer sa promenade.

Bernard, très satisfait de son sens de la repartie, rentra chez lui sans pour autant renoncer aux plaisirs qu'il s'était promis. Improviser des mensonges l'avait toujours excité, il s'en était fait en quelque sorte une spécialité. Compte tenu des circonstances, ses dons précoces pour cet exercice atteignaient maintenant leur apogée.

Posté derrière la fenêtre de la cuisine, légèrement en retrait et dans le noir, il attendit que la commère rebrousse chemin. Avant de sortir à nouveau, il lui laissa le temps de regagner son logis, de verrouiller sa porte, et même de commencer à se déshabiller. Il hésita un instant à passer devant sa maison, mais ses volets étant fermés, il allongea le pas et, quelques mètres plus loin, se prit même à siffloter.

Il était rarement aussi gai, mais les ciels pleins d'étoiles lui donnaient des ailes. Et l'air était si doux pour la saison que les belles fleuriraient sur tous les trottoirs – il n'y aurait qu'à se baisser pour les cueillir, pensa Bernard.

– Qu'à se recueillir pour les baiser ! dit-il aussitôt à haute voix, tout content de sa trouvaille.

Adolescent, dès qu'il en eut découvert le mécanisme, il s'était passionné pour les calembours et avait vainement tenté de faire partager ce penchant à sa mère. Il ne résistait toujours pas au plaisir de lui faire goûter les meilleurs. Celui-ci, dont il savourait la poésie sous le ciel étoilé, il ne faudrait pas oublier de le lui rapporter…

*

– Tu peux pas comprendre ! Les hommes, c'est pas fait comme les femmes…

Certes, Marie et Bernard n'avaient jamais abordé ce genre de sujet. L'anatomie comparée des deux sexes, la contradiction entre pulsion de plaisir et pulsion de reproduction, les avantages respectifs de l'onanisme et de l'accouplement, ne faisaient pas partie des discussions au coin du feu. La mère ne lui parlait pas de son célibat, comme si c'était une condition naturelle et définitive de l'homme ; elle ne s'était pas plus inquiétée de savoir s'il avait une ou plusieurs maîtresses. Elle fermait les yeux sur ces choses-là. Mais le fils savait bien, qu'en dépit de la petite faiblesse à laquelle il devait la vie, Marie devait manquer singulièrement d'ouverture. Sans doute aurait-elle été fort chagrinée de le voir, un beau jour, ramener une femme – fût-elle honnête – à la maison. Il la connaissait assez pour ne pas s'être risqué dans cette affaire. Et, à dire vrai, il n'en avait pas ressenti le désir : Marie lui suffisait.

C'est quelque temps après sa disparition que Bernard éprouva le besoin de s'exprimer. Il avait commencé par réfléchir à haute voix et à commenter chacun de ses faits et gestes en marmonnant, comme le font sans y prêter attention nombre de solitaires. Puis il en était venu à prendre la soupière à témoin, à s'adresser à elle à propos de tout et de rien. Peu à peu, il s'était mis à lui parler comme il n'aurait osé le faire de son vivant, abordant avec une délicieuse liberté les thèmes qu'il évitait autrefois. Sa témérité, chaque jour plus arrogante, le ravissait. Même s'il lui fallait ensuite tenter de se la faire pardonner.

Souvent, lorsqu'il revenait d'une expédition nocturne chez les filles, il s'installait dans le canapé du salon pour boire une bière.

Ce que Marie avait appelé le salon, mais qui n'avait pas de nom du temps du cordonnier (car on vivait alors dans la cuisine), était devenu son sanctuaire. Dans ce rectangle étroit, éclairé côté rue par une fenêtre à l'anglaise, la couturière avait installé sa machine à coudre et son mannequin – c'est là qu'elle recevait ses clientes. Toute la richesse mobilière de la maison s'y trouvait concentrée, le canapé recouvert de velours marron face à la cheminée, deux fauteuils, un tapis pour les pieds nus des dames, un miroir au-dessus du buffet, une maigre bimbeloterie de porcelaine venue d'on ne sait où, quelques napperons de dentelle. Et la télévision. Le salon avait toujours été le royaume de Marie. La porte donnant sur le couloir était en permanence fermée. Pendant toute son enfance, Bernard n'y entra que par faveur et sur invitation expresse… en raison des essayages, un mot qui à lui seul évoqua longtemps tous les mystères de la féminité.

Plus tard, quand la mère dut renoncer à sa profession, elle continua à s'y tenir toute la journée, veillant jalousement à l'ordonnance de ce territoire réservé où son fils ne bénéficiait que d'un droit de séjour.

Il aimait cette pièce qu'il avait reconquise mais dont il n'avait pas changé la disposition. Excepté la soupière qu'il avait disposée sur la cheminée de marbre gris, la télévision qu'il avait installée dans la cuisine, et la porte qu'il laissait désormais ouverte en permanence afin de faciliter la conversation, le décor était identique.

Ainsi, c'est dans ce salon, l'antre des essayages troublants devenu caveau de famille, qu'en étanchant sa dernière soif de noctambule, Bernard, s'il était en verve, lui racontait sa nuit. Une fois lancé, rien ne pouvait plus l'arrêter. Il lui décrivait minutieusement la scène de la rencontre, l'endroit où la belle l'avait emmené, sans omettre de lui indiquer le prix de la prestation. N'hésitant pas à enjoliver la réalité, il prenait un plaisir inouï à choisir les mots et les images les plus crus, à l'entraîner à sa suite dans les détails les plus scabreux. Marie n'ignorait désormais plus rien de ses phantasmes, de ses manies, de ses exigences. Il s'excitait tout seul, se roulait avec délice dans la grossièreté la plus immonde. L'indifférence de la soupière lui donnait toutes les audaces. C'était comme un ultime coït, une jouissance exacerbée à laquelle la vengeance ajoutait un raffinement indicible.

Mais, ce soir, une fois de plus, les étoiles n'ont pas tenu leurs promesses. L'amour fut triste, les caresses bâclées. Alors, Bernard, rentrant au petit matin, passe devant la soupière sans la regarder et monte pesamment dans sa chambre. Éreinté, n'aspirant qu'à l'oubli, il s'effondre sur son lit, tout habillé. Ce soir, il ne dira rien.

*

L'enquête n'a donné aucune indication exploitable quant aux habitudes sexuelles et à la vie sentimentale du prévenu.

Les témoins affirment que la famille X. menait une existence tranquille et ne recevait pas de visites depuis que Marie avait cessé son activité de couturière. Bernard ne fréquentait pas les bars et aucune des personnes interrogées ne l'a jamais rencontré en compagnie d'une femme ou d'un homme.

« Il était toujours pressé de rentrer chez lui… C'est à peine s'il prenait le temps de nous saluer, mais la famille a toujours été correcte avec nous », affirme M. Ricordeau, demeurant depuis 1975, rue Léon-Blum, n° 17, voisin mitoyen de la villa « L'Aurore ».

Par ailleurs, ses collègues de travail n'ont jamais rien connu de sa vie privée, hormis le fait qu'il était célibataire et habitait chez sa mère, qu'ils savaient fort âgée et impotente. Ils précisent que Bernard X. ne participait pas aux conversations grivoises, fréquentes dans les milieux hospitaliers. Certains ont même indiqué qu'en de telles circonstances, il marquait sa désapprobation par une attitude renfermée. Aucun employé n'a mentionné une quelconque tentative de séduction à son égard.

En revanche, plusieurs témoins (dont Mme Simone Roussette, surnommée La Chouette par la famille X.) prétendent qu'il lui arrivait de sortir la nuit et de rentrer fort tard.

Un troisième cliché, datant probablement des années quatre-vingt-cinq, montre André Moretti. et Bernard X. posant devant un stand de foire. Les deux hommes se tiennent par la taille. Rien ne permet cependant de conclure à une relation homosexuelle.

La famille Moretti, honorablement connue à Marseille, affirme n'avoir reçu aucune nouvelle de Bernard X. depuis 1994.

Par ailleurs, le docteur Frappaz, psychiatre expert, qui a examiné le prévenu au moment de son incarcération, a diagnostiqué « une homosexualité vraisemblablement demeurée latente, doublée d'un syndrome œdipien suffisamment marqué pour qu'on ne puisse radicalement exclure l'existence de relations sexuelles larvées ou déguisées entre la mère et le fils ».

*

Cependant, à l'orée du sommeil, voici que revient cette drôle d'idée qui lui trotte dans la tête depuis quelque temps. Une idée insensée, il le sait. Une idée morbide, il le pressent. Une idée monstrueuse en tout cas, de celles qui ne peuvent se permettre de sortir en plein jour et profitent de la nuit pour vous asticoter. Celle-ci l'a déjà tenu éveillé plusieurs heures, partagé entre une angoisse atroce… et une innommable curiosité. Ce soir, elle le fait jaillir de son lit et se ruer dans le salon en gémissant :

– Ma pauvre maman, ça ne va plus du tout… Puisque tu sais tout, dis-moi qu'est-ce qu'il faut que je fasse ! Je ne comprends pas pourquoi, mais je ne peux pas m'empêcher d'y penser… à cette chose. Une chose que j'ose même pas te dire, tellement elle est terrible ! Les idées, ça m'arrive par-derrière et je peux plus les retenir. Je suis à bout, moi ! Faut que tu m'aides…

Bernard se laisse tomber sur le vieux canapé, se frappe le crâne de ses poings fermés, de plus en plus fort et de plus en plus vite, jusqu'à se faire mal. La douleur supprime la douleur, comme le feu arrête le feu. Il ne pleure pas, il tremble, il hoquette, il tressaute – Bernard ne sait pas pleurer.

Ce soir, le chagrin est là, pourtant, qui le submerge. Un chagrin si profond, si incompréhensible, si intolérable, que la colère est toute proche. Il la sent qui monte. Elle va s'emparer de la peine, elle va l'effacer. Bernard ne cherche pas à l'endiguer. Et c'est avec soulagement qu'il la laisse éclater. Il crie car il sait qu'il faut faire du bruit pour qu'elle remplisse son office. Et il crie encore. N'importe quoi. Il crie en désordre son angoisse et sa souffrance, comme elles se présentent – et cela est dérisoire :

– Tu peux pas comprendre ! Si je ne dors plus, je vais devenir fou, moi ! Évidemment, c'est pas ton problème… parce que, toi, c'est plus les pensées qui t'encombrent ! Alors, justement, je vais te la dire cette idée. Et crois-moi, pour être surprise, tu vas être surprise, je te le…

Il allait dire « je te le jure » et s'est retenu à temps : on peut promettre et ne pas tenir, on peut même mentir sans vergogne, par plaisir ou par nécessité, mais on ne joue pas avec les serments. En dépit des mensonges qui lui font comme une seconde peau, comme une couverture de survie, Bernard ne transige pas avec certains principes. Contrairement aux apparences, c'est un être pétri de règles, de préceptes, de croyances. Et qui obéit même à des lois morales qu'il a aménagées à sa guise.

Ainsi de toute façon, même sous le coup de la colère, il n'aurait pas dévoilé les pensées morbides qui le tourmentent depuis plusieurs semaines. Il aurait bifurqué au dernier moment car il y a encore des choses qu'il ne peut pas avouer à sa mère…

Cependant, pour ne pas avoir l'air de baisser pavillon, il dit en ricanant :

– Ma pauvre vieille, va ! Tu t'attendais à des révélations, ben tu sauras rien ! Je t'ai bien eue, hein ?

Mercredi

Bernard a passé une mauvaise nuit sur le canapé. Il n'a même pas eu le courage de regagner sa chambre et de se déshabiller. L'idée monstrueuse, celle qu'il n'ose pas encore formuler clairement, n'a pas cessé de le tarauder entre deux sommes et ne s'est évanouie qu'au matin, chassée par la lumière. Il sait qu'elle reviendra, il pressent qu'elle finira par s'installer et qu'il devra bien trouver une solution pour s'en débarrasser. Mais comme cette chose-là ne pourrait se faire de jour, il est inutile d'y penser…

Heureusement, le mercredi, son service ne commence qu'à dix heures, ce qui lui laisse le temps de souffler un peu, de traîner en pyjama, d'ouvrir le courrier en prenant son café.

– Voilà qu'ils se sont enfin décidés à verser ta pension ! Le 10 janvier… C'est pas trop tôt ! Un mois de retard, c'est pas ça qui les gêne. Pour ce qui est de l'augmentation, il y a pas de quoi en faire un fromage… C'est toujours la même histoire… On t'endort avec des promesses, des indices, des revalorisations et tout le toutim, mais quand il faut casquer, y a plus personne ! Bernique et compagnie !

Bernard parle pour le plaisir de s'entendre parler. En fait, il veut surtout montrer qu'il ne se laisse pas impressionner par les démons de la nuit. Sur sa lancée, il répète « Bernique ! Et rebernique ! »

Ce bernique lui plaît. Il ne fait pas partie du vocabulaire habituel ni des quelques mots un peu rares qu'on sort dans certaines occasions et qui procurent une vraie jouissance. Celui-là s'est échappé de ses lèvres par inadvertance et il lui trouve une résonance particulière, un goût de déjà vu, étrange et familier.

Évidemment, l'amateur de contrepèteries y a tout de suite repéré berner et niquer, mais ce n'est pas cela qui l'intrigue. En jetant les prospectus et les enveloppes vides à la poubelle, Bernard se met à fredonner *Bernique-e, bernique-e-e, bernique-e-e-e, bè-è-èr-ni-i-i-i-que…* et, tout en commençant à réchauffer la potée en conserve qui lui servira de dîner, il décline le bernique sur toute la gamme. Ah ! C'est fou, ce qu'on doit pouvoir faire avec ce mot !

Berner… Avec ses « certificats de vie », pour sûr qu'il les a rudement bernés, les types de la pension. De l'authentique, du certifié, du cousu main ! Quand on travaille dans un hôpital, ce n'est pas sorcier à fabriquer, mais il fallait quand même y penser et ne pas se faire choper. Bizarre qu'on n'ait pas encore reçu la demande pour 2001… D'habitude elle arrive en décembre, avec le versement du dernier trimestre. Est-ce que vous êtes toujours en vie, la vioque ? Ah ! C'est pas le tact qui les étouffe, les fonctionnaires ! Je ferais peut-être mieux de le préparer d'avance, leur certificat, parce que ça m'étonnerait qu'ils l'oublient…

Alors qu'il soliloque ainsi, le mot soudain se dévoile. Bernique, c'est la mère qui disait ça autrefois !

– M'man, t'entends ? Tu déteins ! Tu déteins sur moi… Il manquait plus que ça ! crie-t-il en direction du salon.

Le ton est celui de la bravade. Pourtant, le cœur n'y est pas. Le garçon est plus troublé qu'il ne le veut paraître : il a l'impression désagréable que c'est elle qui lui a mis de force ce mot dans la bouche, comme pour bien lui montrer qu'elle continue à exister. Depuis que cette horrible idée lui est venue, il a peur du pouvoir qu'elle exerce sur lui. Aussi s'empresse-t-il d'atténuer l'agressivité de son propos :

– Mais ça me dérange pas que tu déteignes sur moi, tu sais. Au contraire…

Il a la voix faussement assurée et mielleuse d'un enfant qui flatte l'ogre dans l'espoir d'obtenir sa grâce.

La pension de Marie, ce n'était qu'un petit supplément, de l'argent de poche dans le budget familial. Du reste, Bernard est d'un naturel économe et ne saurait que faire de sommes mirobolantes. Soit parce qu'il a renoncé à grimper dans la hiérarchie sociale, soit parce qu'il a des goûts simples, son salaire d'aide-soignant lui a toujours suffi. Certes, Bernard fait ses comptes, comme tous les gens dont les revenus sont maigres, mais sans angoisse et sans intention de se constituer un bas de laine. Bien qu'employé dans un centre hospitalier privé, il y a longtemps qu'il se croit à l'abri du chômage. Sur ce point, sa confiance est inébranlable et, au fil des années, il avait réussi à la communiquer à sa mère. Peu à peu, elle avait même cessé de hocher la tête quand il lui racontait ses prouesses au service des urgences. Était-ce parce qu'il s'était mis à utiliser un vocabulaire spécialisé pour décrire les soins dont il entourait ceux qu'il appelait *ses* patients ? Peut-être. Marie était sensible au savoir et avait toujours regretté de n'être pas plus instruite.

Quand Bernard comprit que ses connaissances pouvaient susciter l'admiration de sa mère, il commença à abuser des mots savants glanés dans les couloirs. Dès qu'il lui parlait de médecine, son langage, malgré lui, se châtiait, s'enrichissait, s'ennoblissait. Il en vint même à souligner son texte d'une gestuelle appropriée et à plaquer successivement sur son visage les masques de la supériorité, de la compassion. Marie avait fini par admettre que son fils avait trouvé sa voie. En fait, elle ne l'aimait jamais autant que lorsqu'il adoptait ce ton docte et élégant pour parader devant elle. Elle pouvait alors se rassurer, se rengorger, se féliciter. Et Bernard, qui savait que l'estime maternelle lui était mesurée, ne se privait pas de jouer sur ce registre.

Marie lui avait taillé des costumes de petit-monsieur dans lesquels il se sentait à l'étroit et ridicule ;

lui s'offrait l'étoffe des héros. Le numéro des duettistes était parfaitement au point. Et, dans ce jeu de dupes à huis clos, bien malin qui aurait su désigner le plus malheureux. Une chose est certaine, chacun des partenaires y trouvait son compte.

Si Bernard continue à la tenir au courant de la vie du service et des exploits qu'il y accomplit pour sauver tous ces gens en danger de mort, il a de plus en plus de mal à aller jusqu'au bout de ses performances d'acteur. Il oublie son texte. Il perd la foi dans le personnage qu'il incarne. Il confond ses rôles.

Certes, la soupière n'est pas assez bon public pour le soutenir. Mais il y a plus grave : elle cherche à lui nuire. Bernard en est maintenant convaincu, la mère se venge d'avoir été réduite au silence. C'est elle qui, depuis quelque temps, lui fourre dans le cerveau cette immonde bouillie, semblable à celle qu'elle l'obligeait à ingurgiter lorsqu'il était enfant.

*

Le rapport précise qu'à partir de la date à laquelle la retraite de Marie X. lui fut versée, les dépenses du ménage formé par elle et Bernard X. n'ont jamais excédé leurs revenus additionnés.

Ces deux contribuables ont toujours payé ponctuellement impôts et redevances.

La banque n'enregistre aucun découvert sur leur compte joint, ouvert en 1980. De même, elle ne fait état d'aucune demande de crédit.

Les commerçants étaient réglés comptant.

On n'a pu verser aucune pièce au dossier permettant d'établir les motifs d'un crime visant manifestement à s'approprier la pension de la victime.

Le prévenu était-il l'objet d'un chantage ? D'un racket ? Se livrait-il à des débauches nécessitant des paiements en argent liquide ? Toutes ces questions demeurent sans réponse à ce jour.

*

La Chouette et les habitants du quartier entretiennent avec l'argent des rapports différents. Assez normaux d'ailleurs, si l'on considère le sentiment général qui est d'avoir à courir après.

Les fioritures de l'époque Art déco et la patine du temps avaient conféré à *L'Aurore*, qui n'était en réalité qu'un banal pavillon de banlieue, une petite allure de villa bourgeoise. Tout est relatif, mais la maison de Marie est incontestablement plus haute que ses voisines. Elle peut en outre s'enorgueillir d'un appareillage de pierres, d'une frise de céramiques, et même d'une minuscule marquise en fer forgé. Ce sont des détails qui n'ont l'air de rien, mais qui influencent la façon dont les gens de la même société se regardent, se parlent et se considèrent. Les maisons voisines, toutes aussi modestes que *L'Aurore*, datent pour la plupart de l'après-guerre – parallélépipèdes à peine rectangle, crépis ou décrépis, chapeautés au ras des fenêtres de tuiles mécaniques, et, surtout, dépourvus de la moindre ornementation pseudo-patricienne.

Le logis de La Chouette, qu'elle baptisa *Les Cyclamens*, ne se distingue en rien de toutes ces habitations, bêtement alignées le long de la rue Léon-Blum, et interchangeables en dépit des efforts de décoration. Il est possible que ce minuscule décalage ait facilité la montée de sentiments malveillants dans le cœur de la commère. Car elle avait autrefois des prétentions dont elle ne s'est pas dessaisie en emménageant dans ce quartier populaire. Si le veuvage et la retraite l'ont sûrement obligée à en rabattre, il en reste quelque chose : un mélange assez efficace de suffisance, d'envie et d'aigreur. Malgré cela, ou pour cela, on lui prête volontiers l'oreille – il faut ajouter qu'elle parle bien.

Forte de ces atouts, La Chouette tenta dès son arrivée de nouer quelques relations avec le voisinage, et notamment avec Marie puisqu'elle possédait la plus belle maison de la rue. À peine installée, La Chouette se présenta à la porte de *L'Aurore* et invita les occupants à venir prendre un café. Marie la remercia poliment mais du bout des lèvres, et ne rendit jamais l'invitation. « Cette femme-là a de mauvaises ondes », avait-elle déclaré en rentrant. Quant à Bernard, alors à peine pubère, boutonneux et l'œil sournois, il se comportait quand il la rencontrait dans la rue comme les caprices de ses glandes l'y incitaient. C'est-à-dire de façon imprévisible. La Chouette en fut pour ses frais et transforma ses bons sentiments en mépris.

Elle se mit à les épier, le moyen le plus sûr qu'elle avait trouvé pour se renseigner sur les faiblesses du voisinage. Elle fit courir toutes sortes de bruits à leur sujet : ils travaillaient au noir, ne payaient pas leurs impôts, faisaient entretenir leur maison à l'œil, vivaient aux crochets de la Nation, de la Sécu et de la Municipalité. Les sauvages de *L'Aurore*, c'étaient tout à la fois des indigents, des profiteurs, des asociaux. En somme, des gens de rien. Et la Marie, avec ce fils tombé du ciel, on pouvait raisonnablement tout supposer

– et surtout le pire : ne s'était-il pas passé de drôles de choses pendant la guerre ? Bref, La Chouette ne les aimait pas beaucoup, mais n'avait pas renoncé à les saluer avec empressement. C'est dans leur dos qu'elle distillait ses réflexions perfides, choisissant de préférence les nouveaux venus du quartier, spontanément disposés à investir du temps pour s'informer, pour créer des liens, pour s'enraciner.

Si bien que la réputation que Marie s'était assurée dans les années soixante auprès de ses clientes se fit plus controversée au sein de son propre quartier. Une bonne partie du voisinage aurait juré que la famille X. avait des soucis d'argent et bénéficiait indûment des aides diverses destinées aux nécessiteux.

*

Comme il n'y a pas de film à la télévision le mercredi soir, Bernard en profite d'habitude pour reprendre son puzzle. L'œuvre en cours est en permanence installée sur la table de sa chambre. Depuis un mois, il s'est attaqué au Matterhorn, un vrai casse-tête de plus de deux mille pièces minuscules qu'il a méthodiquement regroupées en quatre tas : le ciel uniformément bleu, le pic vertigineux saupoudré de neige, les glaciers aux reflets turquoise, les larges flancs de la montagne où s'agrippent des forêts de mélèzes et quelques mazots solitaires. C'est lors de son premier séjour en colonie de vacances qu'il a découvert, un jour de pluie, le plaisir de monter, démonter et remonter des images.

Le passe-temps s'est rapidement mué en passion. Hormis le budget dévolu aux filles, une partie de son salaire est investi dans l'achat de puzzles. Un petit luxe car, avec le temps, Bernard est devenu un amateur éclairé : il lui faut des pièces en bois, microscopiques, découpées à la main. Des fabrications anglaises de préférence. Il possède une bonne cinquantaine de boîtes, toutes numérotées par ordre chronologique d'achat, dont la complexité est si grande qu'il pourrait s'en contenter jusqu'à la fin de ses jours. Mais Bernard est maintenant entré dans la jouissance du collectionneur, fier de ses possessions et constamment en état de manque. La recherche d'un modèle rare occupe ses rêves et ses loisirs.

La difficulté ne le rebute jamais. Son obstination est infinie et sa patience sans limites. Littéralement absorbé par le jeu, Bernard peut rester immobile, concentré et impassible pendant des heures. Si Marie avait apprécié l'application dont l'enfant faisait preuve, l'acharnement de l'adulte la crispait. « Tu vas te rendre malade avec ça ! » disait-elle, sans pressentir que cette passion de l'ajustement était déjà un symptôme.

Mais, aujourd'hui, Bernard a décidé de s'occuper du certificat de vie… C'est dans la chambre de sa mère qu'il entrepose son matériel de faussaire : un bloc d'ordonnances, un cachet officiel de l'hôpital et un tampon dateur, un stylo à plume. Tout est bien rangé, dans l'armoire à linge, sur l'étagère où elle mettait ses papiers. Ils sont toujours là, cartes d'identité, de sécurité sociale et d'électeur, prêts à remplir leur office. Il y a aussi ses vêtements. Parfaitement propres, car Bernard ne manque pas de les passer régulièrement à l'eau et de les faire sécher, avec les siens, sur les fils tendus dans le jardinet.

Avant de se mettre au travail Bernard emporte son petit nécessaire dans la cuisine car, depuis la mort de Marie, il supporte mal le silence de l'étage – sauf quand il s'abîme dans les crénelures des pièces en bois. En bas, la télévision, en permanence allumée, le réconforte. Et puis, il peut parler sans être obligé de crier pour se faire entendre…

Bernard se souvient de la panique qui l'a saisi lorsque l'organisme de pension a adressé un courrier à Marie lui demandant de prouver qu'elle était toujours en vie. Naturellement, il n'avait pas prévu cela ! Aujourd'hui, il est rodé : il connaît les exigences de l'Administration, ainsi que toutes les clés pour passer au travers. L'expérience lui a appris que les fonctionnaires, quand cela les arrange, sont souvent les premiers à aménager les règles : il suffit de savoir les caresser dans le sens du poil !

Ainsi, le certificat du docteur Lelong, exécuté de main de maître, avait-il, jusqu'ici, fait merveille. De même que les renouvellements d'ordonnance qu'il porte à la Pharmacie de la Gare où l'on ne manque pas de lui demander des nouvelles de Marie, bien qu'elle ne soit connue ici qu'à travers des feuilles de maladie. « Elle ne va pas trop mal, mais impossible de la faire marcher… Et puis elle n'accepte de voir que le docteur – et encore ! Elles sont têtues à cet âge-là ! » se lamente-t-il une fois sur deux.

Bernard s'applique. L'écriture du médecin est nerveuse, saccadée, presque illisible – rien de plus difficile à imiter.

Mais il n'a pas eu le choix. C'est dans le bureau du docteur Lelong qu'il a réussi, en 1998, à s'aventurer sans trop de risque pour subtiliser une rame toute neuve de papier à en-tête. De quoi fabriquer des centaines de certificats et de prescriptions !

Bernard s'est toujours interdit d'imaginer qu'un incident, ou tout simplement le temps, pourrait mettre fin à son ingénieuse supercherie. Mieux encore, il s'est peu à peu persuadé qu'il n'avait commis aucun acte répréhensible. Était-ce un crime de prolonger la vie d'un être cher ? Quant au prélèvement de la pension, ce n'était là qu'une conséquence logique. Si bien qu'à l'angoisse d'être démasqué s'est substituée une relative sérénité administrative. S'il continue à prendre des précautions vis-à-vis du voisinage immédiat, c'est parce qu'il l'a toujours senti menaçant : le monde est malintentionné, Marie le disait souvent. Aujourd'hui, il pense qu'elle avait raison : on lui en veut d'être né différent, on est jaloux de sa réussite professionnelle. Et même à l'hôpital, on se moque de sa générosité !

Bernard vient d'achever le paraphe. Un coup de tampon et le tour est joué ! Berner tous ces gens qui le harcèlent, c'est une satisfaction.

– Te voilà bonne pour le service ! crie-t-il pour couvrir le son de la télévision. Maintenant, il n'y a plus qu'à attendre tranquillement la demande… Ah ! tu pourras pas dire que j'suis pas organisé !

Bernard se lève et s'en va, goguenard, agiter le certificat sous le nez de la mère. Il est temps qu'elle commence à lui reconnaître les qualités dont elle s'est elle-même parée.

Cependant, le garçon peut toujours fanfaronner pour donner le change, il est inquiet. Elle ne le lâchera pas : l'esprit des mauvais jours rôde dans la maison. Cela, il le sait et le redoute. Bien plus que les sarcasmes des collègues, bien plus que la hargne de La Chouette mielleuse, bien plus que les chicanes administratives… c'est elle qui lui fait peur.

*

Après enquête au Centre hospitalier du Vallon, il ressort que les vols successifs qui ont été perpétrés dans les bureaux des infirmières et du docteur Lelong sont passés inaperçus (les fournitures sont renouvelées au fur et à mesure des besoins exprimés et elles sont comptabilisées sans que personne ne se soucie de la recevabilité desdits besoins).

Il en va de même pour le petit matériel chirurgical – bistouris, pinces, scies, maillets, etc. En 1998, personne n'a fait état de la disparition de plusieurs de ces instruments. « Il arrive que le matériel, emprunté par un autre service, soit égaré... ou éventuellement subtilisé par des bricoleurs ! On constate cela dans tous les hôpitaux », déclare le directeur.

Par ailleurs, on croit pouvoir affirmer que Bernard X. n'a bénéficié d'aucune complicité parmi le personnel de l'hôpital avec lequel ses relations sont toujours demeurées strictement professionnelles.

L'infirmier en chef le décrit comme un homme exceptionnellement zélé auprès des patients et apprécié pour son efficacité, mais d'un caractère taciturne, voire irritable. « Il supportait mal qu'on l'aide ou qu'on intervienne lorsqu'il s'occupait d'un malade. On aurait dit que les patients lui appartenaient et qu'il agissait pour son propre compte », précise-t-il.

Quant au docteur Lelong, cardiologue installé en ville mais disposant d'une consultation à l'hôpital, il n'intervient qu'exceptionnellement en urgence. Il déclare avoir ignoré jusqu'à l'existence du prévenu.

Jeudi

Elle lui grignote la rate, l'atroce idée.

Au début, ce ne fut qu'une idée en l'air, une manière de plaisanter pour exorciser les démons. Mais un doute, insidieusement, s'était faufilé sous l'idée. Bernard avait beau se raisonner, il le tenait, le tirait, l'entraînait. Et, peu à peu, quelque chose qui ressemble à une certitude s'était mis en marche : caché dans le ventre de faïence, l'esprit de Marie est là qui le regarde, qui le juge, qui le condamne.

– Je suis sûr que tu me fais des coups en dessous ! Il faut pas me prendre pour un imbécile : ça fait bientôt quatre ans que tu mijotes ta revanche…

La soupière, imperturbable, hermétiquement close, se tait. Bernard pourrait en être rassuré mais, au contraire, il s'en inquiète. Car si Marie a tout encaissé sans broncher, les colères, les confidences, les appels au secours, n'est-ce pas pour l'anéantir plus sûrement ? Aujourd'hui, tout le prouve, l'esprit de la mère, barricadé dans la soupière, se rebiffe. C'est lui qui embrouille sa cervelle et le fait trébucher dans ses explications. C'est lui qui met La Chouette sur son chemin, comme ce soir encore, pour le surprendre dans ses mauvaises pensées. C'est lui, l'esprit rancunier et jaloux, qui gâte ses nuits d'amour…

Mais qu'a-t-il donc fait pour mériter un tel châtiment ? Rien. Rien. Vraiment rien. Il s'est contenté de lui épargner le sort commun et de suivre la voie qu'elle lui avait elle-même tracée : on se débrouille seul ! Il n'y a rien à attendre des autres, sinon des ennuis. C'est cela, le testament de la mère : on recoud ses plaies, on se rafistole, on fait face, on s'invente s'il le faut. Mais, de toute façon, on se tait.

Depuis qu'il a compris – il y a déjà plusieurs semaines de cela – ce qui se trame sur la cheminée, Bernard sent qu'il lui faudra chasser l'esprit malin. Au long des nuits sans sommeil, il a tourné et retourné le problème en tous sens pour trouver la meilleure tactique. Mais à mesure qu'il écumait les différentes possibilités, une nouvelle angoisse se faisait jour : n'est-il pas risqué, voire dangereux, de vouloir jouer au plus fin avec les forces de l'au-delà ?

Ce soir, Bernard s'interdit de réfléchir car, il le perçoit très clairement, « on » essaie de lire dans ses pensées.

– Bon, je vais me mettre à mon puzzle, dit-il d'une voix désinvolte, comme pour endormir les mânes maternels qui s'agitent dans la soupière.

*

Tant que les petits morceaux de bois l'accaparent, Bernard oublie. Il y a dans ces ajustements successifs, dans cette fusion, dans cette interpénétration d'éléments épars, quelque chose qui l'emplit de bien-être, comme si, de ses propres mains, naissait l'accord parfait. Le Matterhorn trouera bientôt un ciel sans nuages. C'est la troisième fois qu'il recompose ce paysage grandiose, le fleuron de sa collection, dont il a fait l'acquisition quatre ans auparavant – un peu avant la disparition de Marie.

– T'as bien de l'argent à jeter par les fenêtres !

Même au seuil du néant, il lui fallait le critiquer en permanence ! Pourtant lorsque la montagne aux reflets mauves avait commencé à surgir, elle avait consenti à se traîner jusqu'à sa chambre pour voir à quoi elle ressemblait. « Dépêche-toi de finir… » avait-elle dit. Et Bernard, déconcerté, avait pris cela pour un compliment. Il ne pouvait savoir qu'il allait abandonner son ouvrage quelques jours plus tard. Il ne pouvait imaginer qu'une autre tâche, une sorte de puzzle à l'envers, l'absorberait tout entier pendant de longues nuits.

Malgré l'emprise du jeu, Bernard ne peut s'empêcher de repenser à ces moments éprouvants, au sinistre labeur dans lequel il s'est alors engagé corps et âme, sans en mesurer la difficulté. Qu'aurait-il pu faire d'autre ? Puisqu'elle l'avait abandonné, puisqu'il s'était laissé prendre dans un engrenage infernal, il lui fallait bien la faire disparaître, la mère !

Est-ce le Matterhorn qui l'avait mis sur la voie ? Peut-être. Ne suffisait-il pas d'une pichenette pour détruire l'image patiemment reconstituée ? Une fois les pièces assemblées, la montagne occuperait toute la longueur de sa table ; désassemblée, elle tiendrait à nouveau dans une petite boîte. C'était cela, la solution ! Les chirurgiens n'exécutent-ils pas un travail comparable à celui des fabricants de puzzles ? Inutile de chercher plus loin : découpage, assemblage, c'est bien leur métier. Et ne disposent-ils pas du même équipement que les menuisiers et les ébénistes ? Aucun doute, les outils sont identiques : scie, chignole, poinçon, burin, gouge, maillet… On n'en finirait pas de dresser l'inventaire !

Dès qu'il eut compris comment il pouvait tirer parti de cette évidente similitude, Bernard n'avait pas traîné : il fallait faire vite car Marie ne pouvait attendre. Cela avait été un jeu d'enfant de dérober les instruments nécessaires à l'hôpital…

Il s'était donc mis à la besogne. Et il s'était appliqué, en prenant soin de multiplier les difficultés comme l'avait fait l'artisan qui avait conçu le magnifique puzzle du Matterhorn. Il y eut bientôt dans le réfrigérateur une dizaine de boîtes en plastique contenant l'ensemble des pièces qui constituaient Marie. Tout était en ordre. Il n'y avait plus qu'à renoncer une fois pour toutes à remonter le modèle. Ce travail minutieux et harassant avait anesthésié ses sentiments et anéanti son jugement. C'est l'étape ultime, la séparation, la privation, définitives, qui fut de loin l'épreuve la plus douloureuse.

Restait la tête. À peine plus grosse qu'un gros melon, elle n'était guère plus encombrante que le reste. Mais la tête – le front presque redevenu lisse comme autrefois, les yeux sous les paupières closes, le nez toujours pincé et la bouche où flottait encore un petit air de dédain –, c'était différent. Le fils ne put se résoudre à la mettre en pièces, à la défigurer. De vagues superstitions, des interdits venus du fond des âges, et même des réminiscences de propos entendus lorsqu'il était enfant, le retenaient. Il y a des choses qu'on regarde avec respect, des choses qu'on ne touche pas, des choses qu'on ne jette pas à la poubelle.

Ainsi Marie, qui n'était pourtant ni sentimentale ni dévote, n'avait-elle pas gardé la tête du Christ, seul vestige du crucifix qu'elle avait reçu lors de sa première communion ? Elle était sans doute, cette tête, le dernier et pitoyable indice d'une dévotion de petite fille. Bernard la connaissait depuis toujours, cette face d'ivoire, souriante et miséricordieuse, qui reposait sur son crâne plat, encore grumeleux de la colle qui le fixait au bois de la croix, tout au fond du tiroir de la table de nuit maternelle. Elle voisinait avec deux ou trois photos racornies emprisonnées dans un vieux missel et une petite boîte en émail cloisonné contenant une épingle de cravate et un insigne qui pouvait ressembler à une décoration militaire. Il y avait aussi de drôles de bésicles dans un étui en cuir râpé, sans doute celles de son grand-père cordonnier – un homme dont on ne disait rien sinon qu'il était admirable. Une lampe de poche, diverses boîtes de comprimés, un tube d'onguent, occupaient la partie avant du tiroir. La mère avait fourré pêle-mêle dans cet espace intime quelques débris du passé et toute l'urgence du présent. Bien qu'elle ne lui ait jamais expliqué ce que pouvaient raconter ces souvenirs, Bernard les avait assimilés à des reliques, dont la tête en ivoire représentait en quelque sorte le phénix.

Se débarrasser du visage de la mère eût été sacrilège !

L'esprit du Christ n'avait sans doute pas quitté le tiroir, et celui de Marie rouscaillait dans la soupière. Chacun à sa place. Alors qu'il les avait soigneusement conservées auprès de lui pendant toutes ces années, on aurait dit que ces deux têtes parlaient aujourd'hui d'une même voix pour l'accuser.

– Maman, ma pauvre maman, pourquoi t'as pas compris ? gémit Bernard. Pourquoi tu m'en veux ? Je suis sûr que si tu avais pu, t'aurais fait pareil ! Avoue-le, que t'aurais fait pareil…

Les mots sont sortis tout seuls, comme une plainte. C'est l'enfant qui parle en lui et il ne peut pas savoir qu'il dit vrai, car elle ne lui a jamais révélé ses sentiments de femme enceinte. À l'époque, si elle en avait eu la possibilité, la mère l'aurait mis en pièces.

De désespoir, il fait gicler le ciel du Valais que le Matterhorn, d'un instant à l'autre, allait percer. À bout de souffrance, le garçon regarde, hébété, son œuvre répandue sur le plancher de sa chambre. Les éclats bleus, tous semblables et cependant tous si différents, semblent le défier. Tout est à recommencer. Alors, d'un revers de la main sur le côté de la table, Bernard balaye les tas regroupant la roche du sommet légendaire qu'il se réjouissait de recréer. Puis d'un coup de poing rageur, il disperse le reste. Les atomes de glacier et de champs enneigés, les parcelles de forêts et les fragments de toits, qui attendaient leur heure pour renaître, jonchent le sol.

Le Matterhorn n'est plus. La montagne mythique est morte. Il est temps de sombrer dans le sommeil.

*

On a trouvé dans l'armoire à linge de Marie X. un pack d'amputation complet dont l'emballage indique l'appartenance au même Centre hospitalier.

La plupart des instruments de découpe portent les traces d'une usure anormale, si l'on se réfère à l'utilisation qui en est faite dans les blocs opératoires.

Cependant, les perquisitions réalisées au domicile de Bernard X. n'ont donné aucune indication sur la façon dont celui-ci s'est débarrassé du corps de sa mère. Les recherches étendues aux environs immédiats et au Centre hospitalier du Vallon sont également restées vaines.

*

Pendant que Bernard ruminait ses souvenirs en faisant son puzzle, La Chouette se tournait et se retournait dans son lit. Elle pensait à Marie, mais surtout à son fils qu'elle avait rencontré ce soir par hasard. Naturellement, elle s'était montrée aimable, comme à son habitude, et n'avait pas manqué de s'enquérir de la santé de la malade. Mais le garçon avait l'air plus mal embouché que jamais ! Avec ce rustre, les dernières années de la vieille ne devaient pas être bien gaies ! Et cette solitude à longueur de journée… La Chouette s'était risquée à suggérer qu'il existait d'excellentes maisons où l'on prenait grand soin des personnes handicapées – « Au moins, cela lui ferait de la compagnie », avait-elle ajouté. Bernard répliqua avec arrogance que sa mère refusait catégoriquement de quitter *L'Aurore* et qu'elle ne voulait voir personne. Prudente, La Chouette n'avait pas insisté. Elle poursuivit son chemin, oubliant M. Bernard au profit de ses propres soucis, et elle n'en manquait pas car elle était d'un naturel bilieux.

Cependant, sa fébrilité ne lui avait pas échappé. Et la commère, en se déshabillant, se mit à repenser à ce couple étrange qui habitait, replié sur lui-même, à quelques pas de chez elle. La vie confinée du garçon, son humeur perpétuellement maussade et son air absent l'avaient toujours intriguée, mais, ce soir, c'était différent. Elle avait perçu comme une appréhension dans ses réponses : on aurait dit qu'il craignait qu'elle ne se mêle de ses affaires… N'était-ce pas un comble ? Elle, tout à la fois si attentionnée et si discrète, dont chacun dans le voisinage pouvait constater la serviabilité. Elle, qui ne demandait qu'à prendre sa part dans les peines d'autrui. Elle, qui n'avait jamais voulu forcer l'amitié que ces sauvages lui avaient refusée… De quel droit ce grand escogriffe la traitait-il de façon si injuste ? En dépit de la froideur que Marie avait toujours affichée, n'avait-elle pas raison de se préoccuper de son bien-être ?

À mesure qu'elle considérait ses propres mérites et l'accueil qu'on leur avait réservé à *L'Aurore*, La Chouette s'échauffait. Et bientôt la suspicion succéda au ressentiment. Ce n'est sûrement pas cet affreux malotru qui fait preuve de délicatesse avec elle ! Est-on même sûr qu'il la nourrisse correctement ? Ce n'est pas avec les tonnes de conserve qu'elle a vues dans son caddie qu'il va la remonter, la vieille…

À deux heures du matin, certaine de passer une nuit blanche, elle s'était décidée à prendre un somnifère. De la salle de bains, elle avait aperçu de la lumière au premier étage de *L'Aurore.* Ce n'était pas la première fois qu'elle la voyait briller ainsi en pleine nuit. Mais, ce soir, la commère ne se contenta pas des explications ordinaires qu'elle donnait d'habitude aux insomnies de ses voisins. La rancœur se mêla à son intuition de pipelette pour conférer à cette lampe allumée un sens tragique : il se passait quelque chose d'anormal, quelque chose de grave, quelque chose de louche, sous le toit des sauvages !

La curiosité, en cette nuit de jeudi à vendredi, l'emporta sur le calmant. La Chouette ne put résister à la tentation de se lever dix fois, puis de se poster à sa fenêtre pour surveiller la maison. Quand la lumière s'éteignit, vers trois heures et demie, elle avait passé en revue tous les motifs possibles de cette débauche d'énergie électrique. Elle avait tout envisagé, y compris la mort de Marie – la seule des hypothèses, pensa-t-elle, dont elle aurait confirmation dans la matinée. Elle finit par s'endormir avec la quasi-certitude que la vieille avait rendu l'âme.

Pourtant, une autre idée, d'abord confuse, lui avait un instant traversé l'esprit. Elle n'y avait pas pris garde, peut-être même l'avait-elle écartée. Mais l'idée s'était tant bien que mal frayée un chemin, puis s'était imposée. Et si Bernard séquestrait sa mère pour éviter les frais d'hospitalisation ou le coût d'une maison de retraite ? Les journaux regorgent d'histoires de ce genre… Qui sait s'il ne cherchait pas à l'envoyer plus vite au cimetière ? C'est tellement simple de faire avaler n'importe quoi à une grabataire ! Il serait encore plus facile de la laisser mourir de faim. Ni vu ni connu ! La Chouette trouvait quelque plaisir à ce jeu de massacre par procuration. Certes, on pouvait aussi imaginer que Bernard, profitant de l'impuissance de sa mère, se livrait à bien d'autres activités coupables…

Trop épuisée pour développer ces divagations et fixer sérieusement son attention sur l'une d'elles, La Chouette s'était laissé emporter dans le sommeil.

Elles allaient cependant continuer à faire leur chemin.

*

Consignés en annexe du rapport, les témoignages des habitants du quartier, recueillis lors de la toute première enquête de voisinage, concordent.

En effet, au cours des semaines qui précédèrent l'intervention de la police, certaines personnes affirment avoir remarqué qu'on veillait fort tard chez les X.

Toutefois, hormis Mme Simone Roussette (déjà mentionnée sous le nom de La Chouette), commerçante retraitée, veuve de M. Robert Roussette, et demeurant depuis 1967 rue Léon-Blum, n° 19, en la villa dite « Les Cyclamens », personne ne s'en est inquiété.

Par la suite, on n'a pu déterminer quels étaient les motifs de ces éclairages ni à quelles occupations le prévenu s'employait dans sa maison en pleine nuit.

Les analyses ayant formellement démontré que la mort de Marie X. remontait à quatre années environ, il semble logique de penser qu'il n'y a aucun rapport entre ces veilles nocturnes et le crime pour lequel le fils de la victime est mis en cause.

Bernard X. préparait-il un autre délit ? Était-il occupé à faire disparaître les traces de meurtres plus récents ? Aucun élément probant n'a été trouvé pour confirmer ou infirmer cette hypothèse.

*

En quittant l'hôpital, Bernard l'aperçoit dans la cour. Elle est debout, en plein soleil, seule devant la grille ouverte. Endimanchée, elle semble l'attendre comme autrefois, à la sortie de l'école. Elle porte la jupe plissée en Tergal écossais dont elle était si fière quand il était enfant – une révolution, le Tergal ! –, des escarpins à talons hauts et même ce petit chapeau ridicule qu'une cliente lui avait donné.

– Non ! Non ! Va-t'en ! Va-t'en, j'te dis ! Tu le sais bien que t'as rien à faire ici ! hurle Bernard en se précipitant pour la faire rentrer à la maison. Il a toujours eu horreur qu'elle empiète sur son territoire…

Trop tard ! Le docteur Lelong vient de passer en trombe et voici qu'il prend Marie par la taille et l'entraîne vers sa voiture, une petite décapotable verte garée dans la contre-allée. Bernard voudrait se lancer à leur poursuite pour leur cracher à la figure, mais il est incapable de bouger. Pétrifié, il les regarde s'éloigner sur le trottoir, entre la grille et la rangée de platanes. À travers le feuillage, le soleil fait scintiller leurs silhouettes d'amoureux. On dirait qu'ils dansent. Elle, cambrant les reins et riant à gorge déployée, et lui, si conquérant, si enveloppant, qu'il s'attend à les voir, d'une seconde à l'autre, s'allonger sur le bitume pour faire l'amour. Soudain, pendant que Lelong l'embrasse dans le cou, Marie se retourne et lance d'une voix moqueuse :

– Allons, mon grand ! Au lieu de rester planté là comme un ballot, viens donc dire bonjour à ton père !

Bernard n'a pas le temps de comprendre. Les portes claquent, les pneus crissent : ils sont déjà partis. Une violente envie de vomir le casse en deux tandis que quelqu'un ricane derrière lui en grinçant « Comme une courge, bernique ! Comme une courge, bernique ! ». Bernard sent que sa tête va éclater sous le soleil.

Non ! Non ! crie-t-il encore en se dressant sur son lit. La lumière est allumée – il a oublié de l'éteindre ; la porte est ouverte – il a oublié de la fermer. Il fait noir dehors, et c'est l'hiver.

– Pas la peine de faire l'innocente ! Je sais que c'est toi qui me fais faire des cauchemars. Et puis, pour mon père, je le sais bien aussi que tu m'as toujours menti… Mais tes histoires, cette fois-ci, elles tiennent pas debout ! Parce que le docteur Lelong, il est plus jeune que moi… et ça, tu pouvais pas le savoir puisque tu l'as jamais vu ! Si tu crois que je vais me laisser faire longtemps, tu te trompes !

Bernard regarde l'heure. Trois heures et demie… Il est beaucoup trop tard pour se battre, beaucoup trop tard pour s'occuper des esprits. Il éteint la lumière et fourrage dans les draps pour se faire un nid.

– Tu m'as toujours dit qu'il était mort avant ma naissance, mon père…

Bernard frissonne. Et si elle lui avait menti ? Rien ne prouvait qu'il était mort en Indochine, ainsi qu'elle l'avait toujours prétendu. C'est commode, les guerres, quand on veut faire disparaître les gens…

Dès qu'il fut en âge de se poser des questions sur l'identité de son père, le garçon avait essayé à plusieurs reprises de savoir qui était cet homme. À chaque fois, il avait vu le visage de Marie se durcir tandis qu'elle se contentait de lui répéter que les Viets l'avaient tué. Pour ne pas lui faire de peine, il s'était longtemps abstenu de renouveler ses interrogations. Et c'est à son chagrin qu'il attribuait l'absence de famille, de photographies et de souvenirs du héros. Il avait vingt ans lorsqu'il comprit que cette mort pouvait fort opportunément dissimuler un abandon. Un jour, alors qu'il s'était enfin risqué à évoquer cette présomption, Marie ne l'avait pas démenti. « Inutile de m'en parler ! On ne réveille pas le diable qui dort ! » – son géniteur n'eut d'autre oraison funèbre que cette implacable sentence.

Bernard remonte la couverture, rabat un pan de drap – parce que la laine, ça pique – et s'entortille dans les volutes de linge sale qui lui tiennent lieu de couche. « Ma pauvre maman, mais qu'est-ce que je t'ai fait, moi ? Dis-moi donc qu'est-ce que je t'ai fait, moi ?... » marmotte-t-il en s'endormant.

*

Mme Jeanne X., veuve Delecreux, née en 1920 à Viroflay, déclare n'avoir eu aucun contact avec Marie X., sa sœur aînée, depuis la naissance de Bernard, fils naturel de celle-ci.

Selon son témoignage, Marie lui aurait confié, dans les années d'après-guerre, qu'elle avait un amant. Il s'agirait d'un « homme marié, qui bénéficiait d'une situation haut placée dans les Chemins de fer ». Vivant alors en province, elle n'a pas eu l'occasion de le rencontrer et ne connaissait pas son identité. Mme veuve Delecreux suppose qu'il est le père de l'enfant.

Elle précise que la rupture des relations familiales qui a suivi cette naissance ne lui est pas imputable, mais qu'il s'agit d'une volonté de Marie. Ayant à plusieurs reprises essayé de renouer des liens, elle s'est heurtée « à un mur qui n'a fait que grandir avec le gamin ».

Elle suppose que ce dernier ignorait l'existence de ses oncles, tantes et cousins. « On n'était sans doute plus assez bien pour elle », constate-t-elle.

Vendredi

Les tourments des nuits précédentes ont entamé son énergie et c'est sans entrain que Bernard s'apprête à partir pour l'hôpital. Il prend néanmoins le temps de ramasser toutes les pièces de son puzzle et de les ranger dans leur boîte. S'il s'en veut d'avoir, dans un mouvement de colère, détruit le travail de plusieurs heures, il doit s'avouer que le Matterhorn ne lui dit plus grand-chose. Que cette montagne qui ressemble à un index menaçant pointé vers le ciel n'est pour rien dans cette désaffection car l'interprétation des formes symboliques ne fait pas partie de sa culture. Néanmoins, il a toujours été sensible aux coïncidences et leur prête volontiers valeur de signes. Or, comme par hasard, dès que le Matterhorn commence à profiler sa silhouette imposante et vindicative, quelque chose se détraque dans sa vie. Il est donc inutile de raviver des souvenirs accablants et d'offrir au monstre de pierre le loisir de répandre dans la maison ses funestes maléfices.

Par bonheur, lorsqu'il enfile sa blouse, Bernard éprouve toujours le même sentiment de satisfaction. Il a l'impression de se glisser dans un vêtement qui, tout en l'immunisant contre le monde extérieur, lui permet d'entrer dans un petit groupe d'élus. Quelles que soient les dissensions, les algarades, les railleries, il se sent solidaire de tous ces gens qui œuvrent ensemble pour sauver l'humanité. Il ne souffre guère d'être cantonné aux tâches les plus humbles : il se croit indispensable puisqu'il lui faut être partout à la fois. N'est-ce pas lui qu'on sollicite en permanence ? Bernard par-ci ! Bernard par-là ! Et le précieux auxiliaire accourt. Il est toujours au bon endroit et juste au bon moment, prêt à boucher, déboucher, vider, remplir, couper, attacher, couvrir, convoyer, nettoyer, ranger, remplacer, panser, bichonner, rassurer, surveiller… Ah ! Ce n'est pas lui qu'on trouvera en train de folâtrer dans les couloirs !

Cette blouse verte lui donne des ailes, comme autrefois sa petite salopette en denim bleu. Et Bernard, malgré sa figure renfrognée, est heureux puisqu'il est irremplaçable.

Mais ce vendredi matin, le service est calme. Il y a des jours comme cela : les échelles ne tombent pas, les motos évitent les piétons, les bouilloires ne se renversent pas, les suicidaires retardent le geste fatal et les vieux s'agrippent à la vie. Alors tout le monde traîne, on papote, on multiplie les cafés, on se fatigue à ne rien faire, les femmes disent qu'elles ont les jambes lourdes, les hommes échangent des gauloiseries.

Et Bernard, lui, ronchonne. Il sait que l'esprit de la soupière va profiter de son désœuvrement pour faire son entrée dans l'hôpital et venir le traquer malgré sa blouse verte.

– Vous y croyez, vous, aux esprits ? lâche-t-il tout à trac alors qu'ils sont cinq à déjeuner tranquillement à la cafétéria.

On le regarde d'un drôle d'air. La petite stagiaire, une rouquine délurée, pouffe derrière ses mains. Le premier instant de surprise passé, un brancardier, qui semblait avoir dépassé l'âge de la retraite, finit par déclarer :

– Rigolez si ça vous chante, mais, moi, j'y crois ! J'ai même des exemples…

Et le voici qui se lance dans une histoire de maison hantée. On peut encore la voir dans son village, tout au bout de la grand-rue, sinistre avec ses fenêtres crevées, ses lézardes et son toit par endroits défoncé. Depuis près d'un siècle, ses habitants successifs ont dû se résoudre à décamper. Le dernier d'entre d'eux, un homme qui n'était pas du pays, avait fait venir un curé pour conjurer les forces du mal… Par curiosité, le brancardier et quelques voisins avaient assisté à la cérémonie. Pour rassurer les populations ou pour ne pas avoir l'air de fuir le danger, le maire lui-même s'était rendu en personne sur les lieux pour surveiller les opérations. Mais, quelques semaines plus tard, le nouveau propriétaire avait dû renoncer à son logis : malgré les bénédictions, l'esprit n'avait pas cessé de se manifester. Surtout la nuit ! ajouta le brancardier d'un air sombre.

Autour de la table, on se refuse à lui emboîter le pas : le corps médical ne pouvait décemment ajouter foi à ces moyenâgeuses balivernes. On s'empresse de trouver des explications réalistes aux prétendues allées et venues des fantômes – les poutres qui craquent, les volets qui battent, les souris qui galopent, les oiseaux qui se font piéger dans le conduit de cheminée…

– Vous n'y êtes pas ! coupa le narrateur. À la campagne, tout le monde connaît ces bruits-là et je vous assure qu'ils ne font peur à personne !

C'est à l'intérieur des gens que les esprits s'attaquent… Ils entendent des voix, ils se sentent mal, ils perdent l'équilibre. Il y en a même qui disent que les objets leur échappent !

– Vrrrout !… fait la stagiaire en faisant voltiger sa fourchette au beau milieu des assiettes. Excusez-moi, je suis possédée !

Cette gaminerie provoque l'hilarité des défenseurs du rationalisme pragmatique.

– Moquez-vous si cela vous soulage ! Tout ce que je peux vous dire c'est que, moi, cela ne me fait pas rire parce que je vous parle d'expérience…

Cette dernière affirmation désarçonne la tablée. La rouquine se visse l'index sur la tempe avec insistance en secouant effrontément son abondante chevelure frisée. Négligeant l'insolence, le vieux murmure comme pour lui-même :

– Je ne connais qu'une façon d'échapper à la malédiction des morts, mais ça, c'est autre chose…

Le connaissant, chacun comprend qu'il n'en dira pas plus – il a déjà beaucoup parlé, ce qui n'est pas dans ses habitudes. Il y a un petit creux dans la conversation, puis, feignant d'ignorer les délires du malheureux brancardier, on s'oriente vers des sujets plus sérieux.

Bernard s'était bien gardé d'intervenir – il n'allait tout de même pas prêter le flanc aux sarcasmes, et offrir à cette gamine effrontée le plaisir de le traiter de fou. Pourtant, il aurait aimé en savoir plus…

Néanmoins, sa décision était prise : il fallait que la soupière déménage.

*

Tout au long de la journée, La Chouette avait cancané.

À peine réveillée, elle s'était précipitée à la fenêtre pour surveiller les alentours. Elle s'attendait à constater qu'on avait fermé les volets de *L'Aurore* car c'est ainsi, par respect pour les morts, qu'agissent les vivants qui savent vivre. Elle avait aussi imaginé qu'il y aurait quelque agitation. Mais rien dans la maison, qui était tranquille, ne laissait présager le moindre drame. Elle en conçut une petite déception – la journée s'annonçait identique aux précédentes. Or La Chouette avait besoin d'occuper son temps, et de fabriquer des événements pour combattre l'ennui. Elle s'habilla en hâte et sortit.

Bien que le quartier soit depuis longtemps devenu un dortoir pour travailleurs entre deux âges, il restait assez de commères pour qu'elle puisse se livrer à sa distraction favorite. En quête de langues déliées et d'oreilles attentives, elle parcourut le chemin familier, du supermarché au marchand de journaux, du boulanger au boucher. Personne n'ayant fait mention du décès de sa voisine, elle en conclut que la vieille avait survécu à la mauvaise nuit dont elle avait sans doute été le seul témoin. Cette déconvenue lui donnerait au moins le privilège d'être la première à révéler l'imminence de sa mort. Et c'est ce qu'elle entreprit de faire à mots couverts chez M. Richoud – car, chez lui, le temps qu'il découpe, tranche, pare, ficelle et emballe la viande, on avait tout loisir de faire salon.

Cependant, comme les sujets d'inquiétude ou d'indignation ne manquaient pas, la famille X., trop calme, trop anodine et quasi invisible, ne faisait plus partie des thèmes privilégiés de conversation. Il lui fallut donc pousser les feux pour qu'on veuille bien s'y intéresser. Au début, n'osant développer ses élucubrations de la nuit, elle se contenta d'assener quelques généralités sur l'anonymat, l'indifférence et l'individualisme qui régnaient dans le monde, et jusque dans le quartier.

On passait en fermant les yeux, à côté des solitudes les plus solitaires, des misères les plus misérables… On ignorait les détresses silencieuses qui affectaient les plus proches. Et pas seulement la racaille, drogués, immigrés, chômeurs professionnels, et tout ce qu'on voudra. La tragédie était à portée de main et nul ne s'en souciait, précisait-elle, consciente d'éveiller la curiosité.

Il y eut comme un léger mouvement entre les murs blancs de la boucherie : Mais alors ? Mais alors ? Quelque chose nous aurait-il échappé ? Forte du regain d'intérêt qu'elle avait su provoquer, La Chouette poursuivit. Le silence coupable encourageait le viol, l'inceste, la maltraitance des enfants et l'abandon des vieillards. Même dans les familles les plus insoupçonnables !

Elle déraille ce matin, pensait-on à part soi. Et pourtant, ne voyait-on pas cela tous les jours à la télévision ? Alors, puisque c'était vrai, on finit par approuver benoîtement : c'est affreux tout ce qui se passe ! Mais que faire ?

– Dans ces cas-là, décréta M. Richoud, il y a pas trente-six solutions, c'est la police !

La Chouette avait lancé l'hameçon, il suffisait d'attendre et de ferrer au bon moment. Le boucher continuait à opiner du bonnet tout en servant la clientèle. Vous me mettrez bien un peu de mou pour mon chat ? C'est comme si c'était fait ! Et moi, ce sera du cœur pour mon Jason. Pas de problème, j'en ai justement du livré de ce matin. Mais La Chouette, plus réveillée que jamais, rebondissait.

– Ah ! le cœur, quand ça vous lâche…Tenez, moi qui vous parle, pas plus tard que cette nuit, j'ai assisté à une scène terrible… La couturière, Marie X., vous la connaissiez ?

– La vieille de *L'Aurore* ? Pour sûr, y a longtemps qu'on l'a pas vue !

– Ben justement… C'est sûrement la fin. Et, je voudrais pas dire, mais c'est pas son fils qui va la ranimer… À voir la lumière à des pas d'heure, je me demande ce qu'il traficote toutes les nuits au lieu de l'emmener à l'hôpital…

M. Richoud joue du couperet et du hachoir. Ces temps-ci, ça n'arrête pas. On ne saurait dire pourquoi, mais ça meurt de partout ! Enfin, celle-là, elle serait bien centenaire, non ?

– C'est pas une raison pour la priver de soins…

La Chouette a visé juste. Pourquoi vous dites ça ? Son fils, il est pas infirmier ? Il doit savoir ce qu'il faut faire, non ? Sûrement qu'il sait, mais on dit que les cordonniers sont les plus mal chaussés… Peut-être, mais moi je peux vous dire qu'il a bonne réputation parce que la belle-fille à ma sœur travaille au Vallon. Mais c'est qui, cette personne ? Les gens de *L'Aurore*, vous savez la maison avec des carreaux bleu-vert au-dessus des fenêtres de l'étage… Non, je ne vois pas de qui vous parlez. Forcément, vous pouvez pas la connaître… ça fait des années qu'elle sort plus. C'est quand même une chance d'avoir un fils… Ouais, disons que ça dépend du modèle ! Le Bernard, c'est pas un causant. Vous l'avez dit, à peine bonjour ! Mais poli quand même, n'est-ce pas monsieur Richoud ?

M. Richoud ne se prononce pas et pince les lèvres : ceux qui n'achètent pas sa viande ne peuvent pas être des gens vraiment bien.

– Moi, je me demande s'il ne faudrait pas faire quelque chose, dit La Chouette. On peut quand même pas laisser les mourants tout seuls pendant des journées entières…

– Puisque vous êtes voisins, pourquoi n'allez-vous pas lui faire une petite visite ? demanda la dame qui ne connaissait ni Marie ni son fils.

Il était midi et demi. Après le déjeuner, La Chouette irait sonner à la porte de *L'Aurore*.

*

Mme Simone Roussette indique qu'elle a téléphoné à Marie X. dans l'après-midi de ce vendredi, vers quinze heures environ. En l'absence de réponse, et supposant que la vieille dame, immobilisée, ne pouvait se déplacer jusqu'à l'appareil, elle s'est rendue à son domicile dans le but de lui offrir ses services. Ses coups de sonnette et ses appels répétés sont restés sans effet.

Rentrée chez elle, elle décida de joindre Bernard X. sur son lieu de travail afin de le prévenir que sa mère était dans l'incapacité de répondre au téléphone. Elle lui proposa de se rendre à son chevet en attendant son retour.

Mme Simone Roussette déclare que le fils de la victime « ne l'a même pas remerciée » et lui a répondu sur un ton agressif qu'elle « aurait mieux fait de ne pas la déranger dans son sommeil ».

Mme Roussette précise qu'elle n'a plus eu de contact avec le prévenu après cet échange téléphonique.

*

M. Richoud ferme habituellement la boucherie vers treize heures quinze. Il a remarqué que les lève-tard ne sont pas les plus mauvais clients : comme ils n'ont ni le temps ni l'envie de mitonner des petits plats avec les bas morceaux, ils se jettent sur les tranches de filet et sur les côtelettes qu'il suffit de mettre sur le gril ou, mieux encore, ils se laissent tenter par les plats « cuisinés maison » qui lui assurent un bénéfice substantiel. Chaque jour, en attendant ces consommateurs imprévoyants, M. Richoud remet de l'ordre dans sa vitrine réfrigérée, aiguise et range ses couteaux, nettoie son billot et vide ses poubelles.

C'est aussi le moment où il pense. Au coût de la vie d'abord, mais aussi à la vie elle-même et à la mort. Car – est-ce la fréquentation quotidienne de cadavres ou le commerce avec ses semblables mangeurs de cadavres ? – M. Richoud est un homme qui a conscience de la précarité des choses. C'est pourquoi les conversations qu'il a entendues ce vendredi matin le tarabustent.

Certes, les gens de *L'Aurore* ne sont pas des proches. Mais quand même… Marie X., il s'en souvient. Quand il s'est installé, encore tout jeunot, dans les années soixante, c'était une femme qu'on remarquait. Pas de la première jeunesse, c'est sûr. Mais quand même… Elle avait encore belle allure. Et du caractère. Elle n'était pas de celles avec qui on se permet des gaudrioles pour faire rire la clientèle. Quant au petit Bernard, il ne l'avait pas oublié non plus. Un gamin toujours impeccable et poli. Avec une figure triste, et même l'air un peu en dessous… ce qui, après tout, est peut-être normal quand on n'a pas de père.

Ah ! C'est incroyable comme le temps passe ! ça fait des années qu'ils sont plus clients. Y a pas à chercher : c'est les moyens qui manquent. Aujourd'hui les gens se contentent du supermarché – bientôt, il n'y aura plus de boucher, c'est certain.

M. Richoud est interrompu dans ses réflexions. C'est la jeune dame de ce matin, la nouvelle, celle qui ne connaît personne.

– Ouf ! Je suis contente que vous soyez encore ouvert ! J'ai oublié que j'avais besoin d'un pied de veau…

– Pas de problème ! J'ai ça en magasin !

M. Richoud disparaît un instant dans l'arrière-boutique et revient avec deux pieds de veau bien blancs, lisses comme des jouets en caoutchouc.

– Je vous laisse le choix de la pointure ! Sont tout frais et il leur manque pas un bouton de bottine !

– Magnifique ! Je suis sûre que vous êtes d'accord avec moi : il n'y a pas de bonne blanquette sans pied de veau, dit la dame avec une certaine coquetterie.

Et, tout en réglant cet achat de première nécessité, elle ajoute :

– Tiens, je suis passée par hasard devant la villa *L'Aurore* dont vous parliez ce matin. Je ne l'avais pas remarquée avant, mais c'est vrai qu'elle est charmante avec sa petite frise turquoise. Du pur 1930, et tout à fait dans son jus… Mais si j'ai bien compris, elle sera bientôt à vendre, non ?

M. Richoud, entre les qualités propres au pied de veau, qu'il connaît depuis toujours, et celles du jus de la frise, qu'il ignore complètement, est un peu perdu. Mais comme il semble essentiel d'être au courant de ce qui se passe dans son quartier, il marmonne que « ça se pourrait bien ».

C'est en baissant son rideau de grosse toile à rayures rouges et blanches qu'il s'est remis à penser. Et si la vieille pie des *Cyclamens* avait vu juste ? Son flair lui souffle que ça pourrait sentir le charognard autour de *L'Aurore*. Il sait que certaines personnes se font une spécialité de tirer profit du malheur des autres.

Et c'est ainsi qu'avant la réouverture, après en avoir parlé à Mme Richoud, il téléphona au commissariat pour qu'on s'enquière de la santé de la propriétaire du n° 15 de la rue Léon-Blum, une très vieille femme qu'on n'avait pas vue depuis des années.

Le boucher prenait à cœur ses devoirs de citoyen. Sans le vouloir, il aura damé le pion à La Chouette, pourtant si anxieuse d'être au cœur des événements. Malgré les efforts déployés pour se faire entendre, elle ne sera dans toute cette histoire qu'un témoin parmi d'autres.

*

– Faudra que tu me pardonnes…

Debout, devant la cheminée, le garçon regarde la soupière. Et c'est Marie qu'il voit. Pour la première fois, cette forme en faïence blanche semble se confondre avec le visage de sa mère. Ce petit reflet au-dessus de la joue – n'est-ce pas un signe ? Elle le regarde aussi. Et Bernard l'entend : « Mais enfin, qu'est-ce que tu fabriques à rester planté là comme un piquet ! »

Il faudrait aller au bout de l'aveu. Bernard cherche ses mots, car il craint sa colère, et redoute son chagrin. L'une et l'autre l'ont toujours paralysé. De l'une ou de l'autre, il ne sait pas ce qui lui fait le plus mal. Il n'a jamais su. Toute sa vie, il a navigué entre ces deux écueils, entre ces deux calamités. Provoquant l'une pour éviter l'autre, et *vice versa*. Frôlant, esquivant, contournant, misant sur la vertu du mensonge. Mais ce soir, aux prises avec la toute-puissance de l'esprit de sa mère, il n'ose pas lui cacher la vérité.

– Il va falloir qu'on se quitte…

Il y a des semaines que l'idée de cette séparation l'affole au sens propre du terme. Des semaines qu'il tente de repousser la perspective de ce qu'il appelle dans son for intérieur « la solution finale ». Un péché qu'il ne pouvait se résoudre à commettre car il aime être en accord avec sa conscience – à l'hôpital il le dit souvent et, d'une certaine façon, c'est vrai. Au point où en est la situation, il n'a pourtant plus le choix : en refusant le traité de paix auquel il aspire, c'est elle qui l'incite au crime.

Quant aux modalités de la séparation, il ne parvient pas à se déterminer. L'ingéniosité, la minutie, la patience dont il a fait preuve pour faire disparaître le corps de Marie, ne lui paraissent, dans ce projet-ci, d'aucune utilité puisqu'il s'agit avant tout de se débarrasser d'un esprit. Et d'un esprit enfermé, avec la tête qui va avec, dans une soupière, ce qui complique terriblement les choses.

Faut-il jeter contenant et contenu dans une décharge publique ? La soupière se cassera, la tête roulera parmi les immondices et terminera son parcours dans le ventre des rats ou sous les mâchoires d'un broyeur. Ce serait sans doute la solution la plus simple et la moins risquée mais Bernard répugne à traiter Marie de la sorte. En tout temps, les hommes n'ont-ils pas bichonné leurs morts ? Plus que jamais, le garçon pressent qu'il y a pour cela de bonnes raisons. Sans même attendre qu'un juste châtiment lui tombe du ciel, il n'aurait pas assez de la fin de ses jours pour se mortifier d'un tel forfait.

Faut-il desceller le couvercle collé il y a quatre ans et donner une sépulture décente au reste de la mère ? Bernard penche évidemment pour cette fin honorable, qui aurait le double mérite de libérer sa conscience et de se concilier l'esprit maternel. S'il lui est arrivé parfois de se demander dans quel état elle avait franchi toutes ces années, immergée dans le formol, il ne tient pas à se trouver confronté à une réponse concrète. Depuis qu'il se bat avec ce qu'il appelle « les mauvaises pensées », il a toujours repoussé avec la dernière énergie cette curiosité morbide, indigne d'elle, indigne de lui. Or une inhumation en bonne et due forme comporterait nécessairement un tête-à-tête pénible… Ce sont les images de cet ultime rapprochement qui hantent ses nuits.

– Tu peux pas comprendre ! dit-il machinalement.

La soupière ne répond pas. Et si tout cela – Marie sur la cheminée, la maison hantée du brancardier, la perfidie de la rouquine, et toutes les cruautés du monde – n'était qu'un long cauchemar ?

Souvent, lorsqu'il était enfant, Bernard était pris de doute sur la réalité de son existence. Pour s'en assurer, il se pinçait très fort, ainsi qu'il l'avait vu faire aux héros des bandes dessinées qui s'exclamaient : « Je rêve… Pince-moi ! » Cependant, comme il estimait que la douleur de l'instant n'était pas une preuve suffisante et qu'il voulait pouvoir en vérifier la marque à tête reposée, il scarifiait le pinçon avec son canif. Il n'y avait, croyait-il, pas de meilleur témoin de sa propre réalité qu'une vraie croûte qu'on pouvait éplucher pendant plusieurs jours pour voir couler son propre sang.

Mais, ce soir, Bernard se contente d'allumer la télévision et de zapper d'une chaîne à l'autre jusqu'à épuisement.

Il ne sait pas que, juste avant son retour, deux jeunes inspecteurs sont venus faire une visite de routine à *L'Aurore*. Trouvant porte close, ils ont patrouillé alentour à la recherche de quelque indice justifiant leur déplacement. En vain. Quant aux témoignages recueillis, ce n'était à l'évidence, pensaient-ils, que des racontars de bonne femme.

Samedi

Comme tous les samedis matin, le bus est presque vide. Bernard se précipite vers la banquette du fond pour savourer confortablement les instants de paix qui précèdent l'effervescence. Il sait qu'à peine arrivé, il devra donner toute sa mesure, car, pendant le week-end, le service des urgences est débordé. Mais, en ces fins de semaine, alors que les autres font grise mine, il a toujours apprécié d'être à son poste, vaillant et fidèle. En fait, si le règlement l'avait permis, Bernard aurait volontiers renoncé à tous ses jours de congé, puisque c'est à l'hôpital que sa vie a un sens, à l'hôpital qu'on l'aime.

D'habitude, dans l'autobus du samedi, quand il songe à ce qui l'attend, quelque chose comme une bouffée d'air des montagnes vient soudain lui cisailler la poitrine. Il respire plus vite, il s'étire, il se met à bâiller avec la sereine et royale jouissance d'un lion qui se réveille. Le regard conquérant, il parcourt les rues désertes, jauge les rares passants, fouine dans les maisons encore endormies et évalue le ciel, comme si tout cela lui appartenait. Il ne sait pas pourquoi, il ne cherche pas à savoir pourquoi, il est heureux.

Mais, aujourd'hui, Bernard a beau se caler sur la banquette, allonger ses jambes et laisser aller sa tête sur le dossier, la félicité se refuse à entrer dans son corps. L'esprit de la soupière est à l'œuvre. Bernard renifle sa présence. Il en est certain : le malin est là, tout près, impudemment installé sur un des sièges vides, qui le dévisage d'un regard narquois.

Et les images surgissent. Insoutenables. Les images remontent l'allée étroite de l'autobus et bouchent les fenêtres. Les rues disparaissent, avec leurs passants, leurs maisons et leur ciel par-dessus le toit. Il n'y a plus d'issue.

C'était il y a quatre ans.

*

À la même heure, M. Richoud quitte le lit conjugal pour aller ouvrir sa boucherie, La

Chouette enlève ses bigoudis avant de sortir son chien, et M. Ricordeau se demande pourquoi, la veille au soir, deux inspecteurs de police l'ont interrogé avec tant d'insistance à propos de la santé de sa voisine, la vieille Marie X., dont il avait oublié l'existence.

À la même heure, le docteur Lelong s'envole pour les Maldives où, chaque année à cette époque de l'hiver, il tente d'oublier, en plongeant dans les profondeurs de l'océan, les pics et les abîmes gravés sur les électrocardiogrammes. Tandis qu'au même moment, le docteur Frappaz ouvre un œil désabusé (qu'il s'empresse de refermer) sur l'épaule ronde et dorée du jeune éphèbe qui dort à ses côtés. Il se rappelle à regret qu'il est de permanence, ce qui limite les projets du week-end.

À la même heure, à la Pharmacie de la Gare, la femme de ménage philippine joue gracieusement du plumeau, tandis que le couple de pharmaciens, qui habite juste au-dessus, se dispute pour savoir qui occupera le premier la salle de bains commune.

À la même heure, au commissariat de Vélizy dont dépend le bureau de Viroflay, on prend le café en attendant que le principal déboule pour organiser les opérations du week-end, enquêtes, filatures, perquisitions et mandats de dépôt, qui ne peuvent attendre le lundi matin.

À la même heure, le brancardier presque retraité (celui qui parlait d'expérience à propos des esprits), juché sur un escabeau, accroche à la grille de l'hôpital la banderole en tissu blanc où court, en lettres rouges, le mécontentement du personnel soignant.

Quant à la dame qui ne connaît personne parce qu'elle n'est pas du quartier, elle dort encore, en rêvant d'une jolie petite maison « 1930 dans son jus », qui serait vendue pour une bouchée de pain, qu'elle pourrait accommoder à sa sauce, et revendre pour plusieurs blanquettes de veau à sa façon.

Parmi toutes ces personnes tranquilles et respectables qui se réveillent, il n'en est pas une qui s'imagine bientôt en devoir de jouer sa petite partition dans le concerto macabre composé quatre années auparavant dans le secret de *L'Aurore*.

On a sans doute tendance à oublier trop vite qu'à la même heure, tous les hommes encore vivants ont un cœur qui bat en même temps, et que cela crée autant d'ennuis que d'obligations.

*

À chaque arrêt, le bus a englouti sa petite ration de travailleurs matinaux. Toutes les places assises sont maintenant occupées. Il y a là quelques têtes que Bernard reconnaît parce qu'elles ponctuent régulièrement le parcours du samedi, au même titre que la mairie, la gare et le pont qui sont les seuls repères stables des jours ordinaires, car on voyage debout, ballotté par une foule anonyme, le visage collé contre d'autres visages qu'on évite de regarder. Bernard ne sait rien de ces gens du samedi et, lorsque l'un d'eux esquisse un signe de reconnaissance, il se contente de répondre d'un rictus qui se veut poli.

Mais, aujourd'hui, Bernard ne voit personne. Il est ailleurs, englué dans les images du passé.

C'était il y a quatre ans.

Un samedi semblable à tous les autres, ni plus ni moins mouvementé. Bernard s'était comme toujours mis en quatre pour rendre les multiples services qu'on attendait de lui. Ce soir-là, il rentrait à la maison, fatigué mais content. Content des malades et des blessés. Content de lui. Et même de sa mère qui aurait préparé le dîner. Il allait en sa compagnie regarder la télévision dans le salon.

Ils parleraient peu car Bernard n'avait rien à dire, ni sur la journée au Vallon, ni sur l'état du monde. Quant à Marie, elle ne prendrait pas l'initiative d'une conversation : depuis quelque temps, elle avait renoncé à s'exprimer, et même à lui donner des conseils. Et le garçon appréciait cette silencieuse clémence. La monotonie des soirées le reposait de l'agitation.

La veille, il avait été touché lorsqu'elle s'était extasiée sur le sommet du Matterhorn dont elle n'avait jamais entendu le nom. « C'est sûrement très loin, sans doute du côté de l'Himalaya », avait-elle déclaré, impressionnée par cette forme étrange qui ne faisait « pas de chez nous ». Bernard, renseigné par l'étiquette collée sur la boîte du puzzle, n'avait pas manqué de l'informer que la montagne, qui culminait à *alt. 4 478 m.,* était de nationalité suisse. Elle lui avait demandé de vérifier l'existence de ce monstre dans le *Petit Larousse* et s'était à peine impatientée lorsqu'il ne l'avait pas déniché parmi la liste des noms propres commençant par la lettre M. « Après tout, ce qui compte, c'est qu'il existe », avait simplement dit Marie. En d'autres temps, elle aurait exigé qu'il lui apporte le dictionnaire afin de contrôler elle-même qu'il n'y figurait pas.

En somme, ils avaient à ce moment-là, l'un et l'autre, fini par trouver une façon paisible de ne pas se parler et de vivre ensemble sans acrimonie.

Il s'était débarrassé de ses chaussures dans le couloir où l'attendaient ses pantoufles, puis il avait grimpé à l'étage pour se mettre en pyjama. C'était, dès qu'il se retrouvait dans l'intimité de *L'Aurore,* sa tenue préférée. D'autant que la mère, devenue très frileuse, entretenait dans la maison une chaleur étouffante. Il jeta un coup d'œil au Matterhorn et, satisfait, se rendit dans la cuisine où elle devait l'attendre avec un de ces potages épais et onctueux dont elle avait le secret.

Dès qu'il entra, Bernard eut l'impression que quelque chose clochait. La soupière occupait, comme d'habitude, le centre de la table et le couvert, assiettes creuses et cuillers, était dressé pour le frugal repas du soir. Mais, dans le décor familier, deux éléments essentiels manquaient : Marie et l'odeur de la soupe.

– Vous pourriez vous pousser un peu, non ? lance une grosse dame, manifestement décidée à caser la totalité de son vaste fondement sur la banquette.

Bernard sursaute. Il est arrivé au Vallon où les souvenirs ne le rattraperont pas.

*

Mais Bernard s'était trompé. Il était huit heures. Une petite dizaine de blouses blanches s'affairait autour de la grille d'entrée, là où le brancardier se battait contre le vent pour accrocher plusieurs mètres de banderole. On discutait du déroulement des réjouissances qui auraient lieu au cours de ce que Bernard appelait par dérision la « journée d'inaction ». Il ne s'agissait pas d'une vraie grève à l'échelle nationale, mais plutôt d'un geste de mauvaise humeur qui visait essentiellement le directeur du Vallon.

Le brancardier prêtait ses bras par complaisance, mais il avait la tête ailleurs. Il s'en retournerait bientôt dans son village qui, en dépit de la maison hantée, lui donnerait un avant-goût du paradis. Il avait ce regard un peu lointain des hommes qui ont beaucoup vu, et se sont mis à regarder au-delà. Il parlait peu, ce qui n'avait aucune importance puisqu'il n'entrait pas dans ses fonctions de faire la conversation mais de transporter d'un endroit à l'autre des gens qui, dans l'ensemble, n'étaient pas en état de soutenir une discussion.

Quand il vit Bernard passer sous sa banderole, le brancardier l'interpella :

– Alors, toi aussi, t'es de la fête ?

Bernard se contenta de hausser les épaules. Il avait oublié cet événement dont il réprouvait le principe : les récriminations bassement terre à terre déshonoraient le corps médical qui se devait tout entier à sa mission salvatrice. Aussi pressa-t-il le pas pour aller retrouver ses patients.

Durant toute la matinée, il lui fallut se dépenser comme quatre : la journée d'action avait mis la pagaille et le personnel qui assurait une permanence minimale traînait les pieds. Des conditions idéales pour galoper sur tous les fronts, pour faire du zèle – et Bernard s'y attela plus que de raison. Qui pouvait deviner que, sous cette conscience professionnelle hypertrophiée et sous l'obsession de faire échec à la mort, se révélaient la certitude et l'ivresse d'exister ? À l'hôpital, le garçon n'avait pas besoin de se pincer, il lui suffisait de respirer. À l'hôpital, il eût volontiers travaillé bénévolement pour peu que la direction puisse lui garantir au moins un regard de reconnaissance par jour.

Le brancardier, sans le savoir, l'avait prédit : pour Bernard aussi, ce samedi matin fut une fête car on avait visiblement besoin de lui. C'est dans l'après-midi que les choses se gâtèrent.

Alors qu'il s'accordait un café en guise de déjeuner, il fut pris à partie par une infirmière qui lui reprocha de se désolidariser du mouvement de grogne. « C'est à croire, avait-elle dit, que vous ne travaillez pas pour gagner votre vie, mais pour le plaisir de la passer dans l'odeur du sang ! » Ce n'était là qu'une façon imagée de critiquer son individualisme, néanmoins Bernard reçut cette remarque comme un coup de poing… Il aurait voulu la gifler mais demeura littéralement sonné, incapable de se défendre, incapable de faire un geste. Son visage prit une expression si étrange, si inquiétante, que l'infirmière s'esquiva promptement, le laissant seul devant la machine à café.

Dès qu'elle eut disparu, Bernard se laissa glisser sur le sol et se mit en boule, les genoux sous le menton, la tête enfouie dans ses bras, repliés comme des ailes, sur sa nuque. Tendu, crispé, aussi dur, rond et fermé qu'un caillou, tout entier concentré sur l'injustice qui venait de lui être faite. Enfant, c'est ainsi qu'il boudait, ne consentant à bouger que lorsque la douleur musculaire, devenue insupportable, l'emportait sur la souffrance intérieure.

C'est dans cet état de prostration que le brancardier le trouva lorsqu'il entra dans la petite pièce réservée au personnel. Il avait assez vécu pour saisir aussitôt, au-delà de son incongruité, ce que signifiait cette posture. Il s'approcha doucement et lui posa la main sur l'épaule :

– Ça n'a pas l'air d'aller fort, mon gars…

En reconnaissant sa voix, Bernard dut sentir qu'il pouvait, sans danger, continuer à se retrancher de la réalité car il ne bougea pas d'un centimètre. Est-ce parce qu'il pensait qu'un homme croyant aux puissances de l'au-delà ne pouvait être qu'indulgent et secourable ? Est-ce parce que sa figure débonnaire avait quelque chose de paternel qu'il se sentait en droit de prolonger cette attitude enfantine ? Peut-être. Toujours est-il qu'il résista un petit moment avant de se relever.

– Figurez-vous qu'on me reproche de faire le maximum pour remplacer ceux qui se la coulent douce ! Mais, moi, si vous voulez savoir, je suis crevé ! vraiment crevé ! C'est trop injuste, à la fin…

Le brancardier hocha la tête.

– Oh ! La justice, tu sais…

Il ne crut pas nécessaire d'en dire plus. Toute sa philosophie sur la question tenait dans ces points de suspension : la justice n'était pas du ressort des hommes.

Il fit un café qu'il tendit à Bernard, puis un second qu'il se mit à boire à petites gorgées, les yeux fixés sur sa tasse comme si le liquide noir allait lui dicter sa prochaine déclaration. Le garçon le regardait à la dérobée, à la fois confus de s'être donné en spectacle et réchauffé par la bienveillance du bonhomme. Car il n'y avait pas d'autre mot pour le qualifier : c'était un bonhomme comme on en voyait encore dans les campagnes, peu causant mais l'œil aux aguets, madré mais brave, et qui croyait dur comme fer aux opinions que ses ancêtres et le temps lui avaient forgées. À l'hôpital, certains l'appelaient « le vieux » –, il le savait et ne s'en formalisait pas. Peut-être même trouvait-il cela justifié. En tout cas, la jeunesse ne faisait pas partie de ses valeurs. Quand il eut fini son café, il passa à la seconde partie de son discours :

– Ce qui compte, c'est d'être juste avec soi-même… Toi, t'en fais trop et tu sais pas te récompenser. Enfin, ce que j'en dis… Tu sais, dans une semaine, je serai plus là : je retourne chez moi, alors tout ça…

Décidément, il ne terminait jamais ses phrases ! Bernard pensa aussitôt à la maison hantée et au mystère que le vieux n'avait pas dévoilé. N'avait-il pas laissé entendre qu'il connaissait le moyen de supprimer les esprits ? Il fallait le lui arracher, ce secret, avant qu'il ne disparaisse dans la nature !

– Et, au moins, je suis sûr qu'il n'y aura pas de fantômes dans votre maison ! dit-il sur le ton de la plaisanterie pour relancer le sujet. Hier, tout le monde s'est moqué de vous, mais pas moi… Après une hésitation, il ajouta : Je voudrais bien savoir comment on s'en débarrasse, des esprits.

Le brancardier fit la moue. Ce n'était pas un sujet. Surtout, ici, dans ce local étroit où le personnel était censé ranger ses affaires personnelles et pouvait, à tout moment, venir jacasser en prenant un café dès que le service permettait une pause. Le monde des esprits n'avait pas sa place ici. Il ne s'y risquait que déguisé, sous forme de potins, de médisances, de récriminations, ou encore de paillardises destinées à dédramatiser une vie quotidienne où l'ombre de la mort tenait le premier rôle.

Le brancardier, lui, avait besoin d'espace. Pour parler, il lui fallait sentir la terre sous ses pieds et le ciel sur sa tête. Il lui fallait des arbres, de l'eau, des bêtes, des odeurs de prés, des bruits de village. Dernier rejeton d'une famille de paysans du Boischaut, où l'on comptait quelques jeteux de sorts et deux ou trois guérisseurs réputés, il s'était échoué, quarante ans auparavant, dans cet univers civilisé de la santé, espérant y trouver l'occasion d'exercer les dons dont il avait hérité et de faire vivre sa famille. On avait fini par l'embaucher comme brancardier. Et brancardier il restera, jusqu'à l'heure de sa retraite – vendredi prochain. Tout cela, ce long parcours plein d'espoirs et semé de déceptions, donnait à réfléchir –, on ne pouvait pas parler à tort et à travers des forces obscures.

Mais comme Bernard attendait, avec le regard éperdu d'un enfant, il finit par se décider :

– Les esprits, c'est rien d'autre que tes morts. Normalement, ils sont prêts à t'aider. Faut juste savoir leur parler. Mais s'ils se mettent contre toi, c'est que t'as pas fait ce qu'il fallait. Ou alors c'est tes aïeux qui ont fauté… et, au bout de la chaîne, finalement, c'est toi qui prends tout. Crois-moi, il y a rien de plus têtu que les morts ! Ils restent à l'endroit où on leur a manqué et ils attendent leur dû… ça peut durer des générations !

Une rougeur diffuse avait envahi son visage. Il s'essoufflait. Bernard crut un instant qu'il allait s'en tenir à ces considérations et l'abandonner. Mais le vieux, comme s'il pensait à voix haute, poursuivit :

– Dans ces cas-là, il y a pas trente-six façons de s'en sortir. Faut comprendre ce qui s'est passé et faire la paix…

Le brancardier se tut. C'était à Bernard de compléter les points de suspension.

*

Le samedi soir à Viroflay, les rideaux des boutiques sont tirés et les volets se ferment. Le marché a eu lieu le matin, et il n'y a pas de cinéma – les rues sont désertes. La charmante petite ville est surtout éclairée par sa jolie devise *Lux mea lex* – « La lumière est ma loi ». Dans le bus qui le ramène à *L'Aurore,* Bernard s'effondre sur la banquette du fond. Les rares réverbères qui, par intermittences, jettent une lueur blafarde sur son visage, ne dérangent pas sa rêverie. Le visage du vieux est là, sous ses paupières fermées, comme celui d'un père énigmatique, et pourtant infiniment doux.

C'était il y a quatre ans.

Il avait appelé la mère. Et elle n'avait pas répondu. Elle était devenue un peu dure d'oreille. Alors, sachant jusqu'où il lui fallait forcer sa voix pour qu'elle puisse l'entendre aux quatre coins de la maison, il fit l'effort de crier. Mais elle demeurait sourde à ses appels. Il grimpa jusqu'à la chambre de Marie qu'il trouva vide. Le lit était fait, comme d'habitude, avec la courtepointe blanche, usée par deux générations, qu'elle tirait soigneusement tous les matins, avec cette obstination minutieuse qui était comme un reproche à tous ceux qui laissent leur couche à la dérive. Il jeta un coup d'œil dans sa propre chambre où elle avait depuis longtemps renoncé à entrer. Dans l'indescriptible fouillis de son antre, le triangle presque parfait du Matterhorn, qui occupait le centre de la table, faisait un heureux contrepoint à la maniaquerie de la mère. Puis il dévala l'escalier et ouvrit la porte du salon où Marie se tenait habituellement dans la journée.

Elle était là, assise dans son fauteuil, immobile. Le buste bizarrement appuyé sur l'accoudoir, comme pour regarder sous le buffet.

– Maman, maman, mais qu'est-ce que tu me fabriques encore !

Bernard ne saisit pas tout de suite qu'elle s'en était allée sans le prévenir. Il lui fallut s'approcher pour comprendre qu'il était arrivé trop tard. Trop tard ! C'est d'abord cette pensée qui lui fit le plus mal. Cette fois-ci, il n'avait pas réussi à se trouver au bon moment au bon endroit – il n'avait pu la sauver. Et elle, avec son sale caractère, n'avait pas eu la patience de l'attendre…

À plusieurs reprises, et malgré lui, il avait répété « Ben, merde alors ! » comme si son cri avait pu réveiller la mère. Continuant à jurer de plus belle pour emplir le silence, il avait cent fois parcouru les quatre pièces de *L'Aurore*. De la cuisine où la soupière était toujours vide, au salon où Marie reposait dans son fauteuil, jusqu'à la chambre où rien n'avait changé. Il se cognait d'un mur à l'autre, cherchant une issue pour échapper à cette atroce réalité : Marie s'était passée de lui pour mourir.

La suite est indicible. Le garçon resta enfermé avec elle pendant plusieurs jours. Trop longtemps pour que les démarches classiques qui suivent un décès puissent être envisagées sans complication. Du reste, Marie n'avait pas de place au cimetière et, lui, l'enfant de personne, n'avait personne à qui faire part de son deuil.

Si Bernard savait comment se comporter dans l'urgence, la mort naturelle, la mort toute bête, le prenait au dépourvu. Il avait certes pensé à tout ce qu'il aurait fallu faire. L'étendre sur son lit, lui croiser les mains, lui façonner le visage serein qui convient aux défunts, puis appeler à l'aide pour tout le reste… Mais il eût fallu pour cela partager son désarroi, admettre une présence étrangère entre eux, et c'était impossible.

C'est ainsi qu'il se laissa couler dans une bienfaisante apathie, comme si rien n'avait véritablement changé. Ils continuèrent à demeurer seuls, l'un avec l'autre, l'un contre l'autre, l'un sans l'autre, dans cette maison où ils avaient passé ensemble près d'un demi-siècle comme si la vie commune ne devait jamais avoir de fin. Que la mère l'ait trahi en prenant inopinément la tangente n'était en quelque sorte qu'un avatar de leur histoire. Une histoire dans laquelle l'amour et la haine, de chapitre en chapitre, s'étaient constamment disputé le terrain.

Ce n'est que lorsque la cohabitation devint concrètement difficile – car les morts finissent par manifester des exigences très triviales – qu'il lui fallut prendre des mesures.

Et c'est tout naturellement que Bernard se laissa inspirer par la construction du Matterhorn en cours et par sa pratique, bien que subalterne, d'un métier qui consistait aussi à considérer le corps humain comme un puzzle. L'hôpital disposait bien entendu du matériel *ad hoc* pour accomplir les travaux chirurgicaux devenus indispensables. Et il dissimulait dans des lieux interdits au public, au fin fond de ses entrailles, tout l'équipement nécessaire pour faire disparaître le résultat de cette œuvre macabre.

Est-ce la conversation qu'il a eue dans l'après-midi avec le brancardier ? Sans doute. Ce soir, tandis qu'il ouvre la porte d'entrée de *L'Aurore*, Bernard perçoit confusément qu'il a quelque chose à réparer. Non qu'il regrette de s'être soustrait au traitement conventionnel que la société réserve à ses morts, cette pensée ne l'effleure même pas.

Il s'agit d'une affaire beaucoup plus grave et beaucoup plus compliquée : il s'agit de faire la paix avec la soupière. Et le garçon ne sait comment s'y prendre. Quand on s'est installé dans un mode de relation qui exclut la vérité des sentiments, il est difficile de faire le premier pas. D'ailleurs, la mère, si « dure au mal » et si réfractaire aux effusions, ne comprendrait sans doute pas. Peut-être même irait-elle jusqu'à imaginer qu'il cherche à la circonvenir.

Bernard, tout en enfilant son pyjama, réfléchit à la façon dont il va l'aborder. Et lui faire admettre d'appareiller vers des lieux plus conformes à sa situation de trépassée. Car le dénouement est maintenant inéluctable : Marie aura une sépulture.

À la même heure, les futurs témoins commencent à prendre leur tête du samedi soir, tandis qu'au commissariat de Vélizy, l'affaire est déjà classée.

Dimanche

Elle est sur lui, Jocelyne. Le corps collé au sien. La tête dans son cou, la bouche contre son oreille. Et elle chuchote des choses incompréhensibles qui le chatouillent et le font frissonner jusqu'aux doigts de pied. Lui, il ne dit rien. Il ne sait pas quoi dire. Dans le noir, il se laisse absorber dans cette chair qu'il ne voit pas mais dont il sait qu'elle est rose… Rose ? Non, pas vraiment rose. Le rose, c'est vulgaire et ça vous a un petit côté marbré qui n'est pas flatteur. La peau de Jocelyne n'est ni rose ni blanche.

Il cherche un autre mot et s'irrite de ne pas le trouver. C'est toujours la même histoire : les mots lui manquent. Pourtant, il sent bien qu'il faudrait lui dire quelque chose. Il sait qu'il devrait délaisser la couleur de sa peau et aller à l'essentiel. Bernard a beau essayer, il n'y arrive pas.

Jocelyne continue à murmurer au creux de son oreille. Elle est là, tout contre lui, nue contre son corps nu. Il devrait s'en réjouir, mais, c'est sur le trottoir qu'il l'imagine, dans son petit tailleur vert, marchant à sa rencontre. Il entend le bruit de ses talons. Il la voit rire en secouant sa chevelure solaire. Peu importe à qui elle se donne, puisqu'il l'aime. Il finira bien par le lui dire. Un jour.

Tandis qu'il se réveille à contrecœur, Bernard, en s'entortillant dans son drap, tente de retenir les images. Il voudrait prolonger le rêve, mais le visage de Jocelyne inexorablement se dissout dans la lumière qui filtre à travers les persiennes.

Jocelyne, c'est fini. Jocelyne, c'était autrefois. Avant que Marie ne l'abandonne. La peau de Jocelyne était nacrée – nacrée, c'est le mot qu'il cherchait. Et il l'aimait. Il est trop tard pour le lui révéler.

Alors, comme il n'y a plus grand-chose à faire pour changer la vie, Bernard descend dans le salon et se laisse tomber sur le canapé. Il regarde la soupière, et il se met à parler. Il parle, il parle, Bernard, sans se soucier de ce qu'il dit. Les phrases se mettent en place toutes seules et, pour une fois, les mots le servent puisqu'ils disent sa vérité. C'est tout à la fois une adjuration et une supplique, une confession et une déclaration d'amour.

Cela ressemble à une incantation. À cette prière où tous les hommes, qu'on les déclare fous ou non, nichent l'espoir insensé d'être compris.

À midi, Bernard se présenta au commissariat de Vélizy. Il se contenta de demander qu'on veuille bien enterrer une soupière au cimetière de Viroflay.

DU MÊME AUTEUR

Le Ventre du Président, Buchet/Chastel, 2001

CET OUVRAGE
A ÉTÉ TRANSCODÉ
ET ACHEVÉ D'IMPRIMER
PAR L'IMPRIMERIE FLOCH
À MAYENNE EN OCTOBRE 2002

N° d'impression : 55468
Dépôt légal : octobre 2002

Imprimé en France